LEONID ANDREIÉV

JUDAS ISCARIOTES
outras histórias

Tradução direta do russo de
HENRIQUE LOSINSKY ALVES

Prefácio de Aurora F. Bernardini

Título original: Iudá Iskariot

© *Copyright*, 2004

Todos os direitos reservados.
Editora Claridade Ltda.
Rua Dionísio da Costa, 153
04117-110   São Paulo   SP
C. Postal 12.994
04010-970   São Paulo   SP
Fone/fax: (11) 5575.1809
E-mail: claridade@claridade.com.br
Site: www.claridade.com.br

Revisão: Ruy Cintra Paiva e Alexandra Costa
Capa: Lúcio Kume
Editoração Eletrônica: Eduardo Seiji Seki

Impresso na Book RJ Gráfica e Editora

ISBN 85-88386-27-5

Dados para Catalogação

Leonid Andreiév (1871–1919),

Judas Iscariotes e outras histórias/ Editora Claridade, São Paulo, 2004
p. 144

1. Ficção russa   2. Autor

CDD   808.3

SUMÁRIO

Prefácio de Aurora F. Bernardini 5
Judas Iscariotes 9
Era uma vez 82
O nada 104
O grande *slam* 112
Vália 124
A máscara 138

PREFÁCIO

Curioso o destino de Leonid Andreiév (1871–1919), escritor e dramaturgo de sucesso, saudado na Rússia por Máximo Górki, que recomendou a publicação de dez de seus primeiros contos numa coletânea por ele mesmo escolhida (*Contos*, ed. Znanie, S. Petersburgo, 1901), e que lhe reconheceu "uma intuição surpreendentemente fina e uma espantosa eficácia ao tratar das contradições da alma humana e das fermentações do instinto". Andreiév foi logo apreciado por seu realismo simbólico e pelo distanciamento com que escrevia, algo semelhante ao de Tchékhov, de quem, às vezes, seu nome foi tomado como pseudônimo. A repercussão internacional de sua famosa novela, *Os sete enforcados* (1908), que retrata a antevisão da morte de um grupo de jovens condenados à forca por um atentado a um ministro czarista, tornou-o conhecido e admirado pelos socialistas do mundo inteiro, mas a aversão à revolução bolchevique, que ele manifestou em sua obra publicística, com artigos engajados de cunho histórico-político (*S.O.S., Kerênski, Devolvam a Rússia* etc.) escritos entre 1917 e 1919, levou-o a se exilar na Finlândia, onde logo depois morreu (dizia-se que por causa de uma lesão cardíaca, mas soube-se posteriormente ter sido suicídio), e a ser hoje em dia republicado, especialmente na Rússia, como o profeta do antibolchevismo.

Piero Gobetti, famoso literato antifascista italiano, fundador do semanário *Rivoluzione Liberale*, ao traduzir diretamente do russo, em 1919, uma coletânea dos contos de Andreiév com o título de *O filho do homem*, por ele organizada como homenagem ao autor no ano de sua morte, considera-o o representante por excelência do literato russo do século XX, libertário mas não revolucionário, ligado às obras de Tchernithcévski e Dobroliúbov, por um lado, e às de Turguêniev, por outro, no que elas têm de Anarquismo, Populismo e Niilismo estéticos. Com a obra de Górki — diz Gobetti, que conhece o antibolchevismo de Andreiév — ele não tem ligação, porque esta aponta para o futuro, para a ação, para a revolução que, "materializando o sonho libertário do escritor, mataria sua beleza, sua espiritualidade". De fato, para cantar a revolução com seu horror e sua grandeza, seria preciso esperar pelo expressionismo de Isaak Bábel e sua *Cavalaria vermelha* de 1924.

Na verdade, toda a grande tradição literária russa está presente em Andreiév: a luta contra o regime czarista, tão viva em Tolstói (*A história dos sete enforcados, O riso vermelho*), e a fé no homem simples, embora sem seu didatismo (*Savva, Rumo às estrelas, O dia da cólera*); a escavação filosófico-teológico-existencial de Dostoiévski, embora sem seu eslavofilismo (*Judas Iscariotes, A vida de Vassili Fiviéiski, Lázaro, O filho do homem*); o suspense e a tensão do Púchkin narrador, embora sem sua ironia (*O grande slam*); o fantástico popular de Gógol, embora sem seu grotesco (*O nada*); a sobriedade de Tchékhov, embora em vez de seus finais em *pianíssimo* compareça a conclusão extremada (*O médico louco*).

Rússia e Ocidente deveriam andar juntos, pelos caminhos de Andreiév (veja-se, em *S.O.S.*, o desesperado apelo a todos os países do mundo ocidental para que socorram a Rússia das garras de uma nova Horda), mas o isolamento e a realidade que o cercam (*O abismo*) finalmente o derrotam.

Se Andreiév publicista é atual hoje por ter apontado os males da prática do comunismo, embora tendo sido teoricamente um revolucionário, Andreiév contista sempre foi atual, por ter mergulhado nas mais profundas contradições do ser humano, sem pretender resolvê-las, mas expondo-as quase psicanaliticamente.

Os contos que compõem esta coletânea são uma prova brilhante disso. Na obra-prima que sem dúvida é *Judas Iscariotes*, que com *A vida de Vassili Fiviéiski* tanto impressionou o poeta Alexandr Blok por seu lirismo sofrido e pela caracterização psicológica das personagens, Judas, tal como Vassili, vê-se preso nas redes de um terrível destino que tem a morte como contrapartida.

A traição que consumará é por ele pressentida como um abismo a cuja atração, apesar dos esforços, não conseguirá resistir. Não se trata de crime intencional, nem de culpa, mas desse desígnio obscuro que parece reger a vida de certos homens contra a vontade deles, contra a razão, contra a salvação. Uma problemática que supera a da tragédia, na qual as regras são estabelecidas e a conclusão restabelece o equilíbrio. Aqui, a morte de Judas nada repara, apenas deixa a questão em aberto.

Em *Era uma vez* (1901), como no já referido *O médico louco*, nota-se semelhanças com Tchékhov de *Enfermaria número 6* no tratamento de um tema caro a escritores das mais diversas tendências, de Thomas Mann a Machado de Assis: alguém que é recolhido a um hospital ou a um hospício sem saber realmente qual é sua doença ou sua loucura. Já *O nada*, ao tratar da morte iminente de um alto dignitário, parece retomar a ambiência tolstoiana de *A morte de Ivan Ilítch*, mas acaba derivando para um fantástico de tipo gogoliano. E como não ver nas figuras das cartas do baralho que parecem piscar para o jogador, em *O grande slam*, a inspiração de *A dama de espadas* de Púchkin? Mesmo Górki, em outra acepção que não a aludida por Gobetti, está presente na galeria de Andreiév por meio do tema da criança sensível (*Vália*), "a quem a infância foi roubada", que sofre e compreende o que não compreendem os adultos. *A máscara*, fechando a coletânea, resume a poética que propõe explicitamente o escritor: os contos têm sempre dois planos, no mais secreto dos quais acirram-se os conflitos dos protagonistas e descerra-se alguma verdade essencial.

Aurora F. Bernardini

Obras consultadas:

L. N. Andreiév, *Contos e novelas*. Ed. Nedra, Moscou, 1980.
L. N. Andreiév, *Iuda Iscariot*. Pesquisa do original russo pela Internet, de Augusto Góis.
Leonid Andreiév, *Devolvam a Rússia*. Ed. Trabalhador Moscovita, Moscou, 1994.
Leonida Andreieff, *Figlio dell'uomo* (tradução do russo de Piero Gobetti e Ada Prospero). Casa Editrice Sonzogno, Milano, 1919.
B. Bessúbov, *Leonid Andreiév e a tradição do realismo russo*. Editora Eesti Raamat, Tálin, 1984.

Judas Iscariotes

1

Várias vezes, tinham advertido Jesus Cristo de que Judas Iscariotes era um indivíduo de má reputação e de quem era preciso desconfiar[1]. Seus discípulos, que haviam estado na Judéia, conheciam-no bem; os demais ouviram falar dele muitas vezes, sem que pessoa alguma o elogiasse. Os bons exprobravam-lhe a cobiça, a perfídia, a propensão à mentira e à simulação; os maus, quando se lhes interrogava sobre Judas, expandiam-se em injúrias e afrontas contra ele.

— Por onde passa semeia a discórdia — afirmavam uns.

Está cheio de segundas intenções; vive como um escorpião, a provocar escândalos.

— Mesmo os ladrões têm amigos — acrescentavam outros; até os salteadores possuem camaradas, e os mentirosos uma mulher a quem, por vezes, confiam uma verdade, mas Judas supera a todos eles e a todos ridiculariza, às pessoas de bem e aos larápios, ainda que ele mesmo seja o mais sagaz e hábil ladrão.

— É o mais feio de quantos nasceram na Judéia — declaravam os que o conheciam de vista.

— Não, Judas Iscariotes, o ruivo, não é dos nossos! — protestavam os vagabundos, com a estupefação das pessoas honra-

---

[1] Judas Ben Simão, de Keriot, Karioth ou Iscarioth, antiga povoação da Palestina, a E. de Samoria, onde nasceu Judas; na forma grega, é Iscariotes; o latim conservou-a.

das, que não viam muita diferença entre eles e os demais velhacos do país.

Diziam que Judas tinha desde há muito abandonado a mulher, que levava existência miserável, esforçando-se em vão para ganhar o sustento com o cultivo de dois palmos de terra que constituíam a herança de seu marido, que há longos anos não possuía residência fixa; vagueava aqui e acolá, vagabundeava por povoados e vilarejos, entre gente de toda classe, atingindo em suas caminhadas a orla do mar e, ainda mais longe, até as praias de outro mar desconhecido e remoto.

Mentia em toda parte, intrigava, espreitava com seu olho trapaceiro, fugindo dos lugares furtivamente e sem deixar atrás de si mais que o ruído de querelas e fermentos de discórdia. As pessoas ficavam atônitas, escandalizadas com sua maldade, com sua curiosidade malévola, com sua perfídia. "Um verdadeiro demônio!" — diziam.

Não tinha filhos e isso confirmava aos olhos da população sua fama maldita, a quem Deus negara descendência.

Nenhum dos discípulos podia precisar o dia em que aquele torvo judeu, de pêlos ruivos, abordara pela primeira vez Jesus. De há muito Judas seguia-lhes o mesmo caminho, mesclando-se em suas práticas, prestando-lhes serviços, sorrindo sem cessar, mostrando um servilismo abjeto. Eles sentiam-se familiarizados com a sua presença. E sofriam de certo mal-estar diante daquela figura feia, abominável e monstruosamente perversa, que lhes torturava os olhos e os ouvidos. Então expulsavam-no de seu lado, e ele desaparecia numa curva do caminho. Logo mais reaparecia momentaneamente; trazia suas eternas hipocrisias, suas astúcias e artimanhas. Algo mal-intencionado devia existir naquele afã de chegar até Jesus — pensavam alguns dos discípulos. Talvez um desígnio hostil, um cálculo pérfido e cuidadosamente disfarçado.

Repetidas vezes disseram isso a Jesus, porém suas vozes proféticas ressoaram inutilmente. Com esse espírito de serena contradição, que o levava irresistivelmente até os réprobos e os malditos, não titubeou Jesus em acolher Judas e pô-lo entre os eleitos.

Os apóstolos, ao vê-lo entre eles, sentiam-se confusos, e humildemente lamentavam, enquanto Jesus, sentado, pensativo, o rosto voltado para o horizonte, talvez escutasse os discípulos ou aquela voz que só Ele podia ouvir.

Há dez dias que o vento não soprava e as nuvens de ar, não renovadas, pareciam prestes a vibrar, como se estivessem à espreita de alguma coisa desconhecida e perigosa que viesse da distância. Dizia-se que guardavam os gritos e os cantos de todos os homens, dos animais e dos pássaros, seus risos e suas lágrimas, seus gemidos e suas vozes de alegria, suas pragas e suas maldições. E justamente por isso, porque tantas e tantas coisas estavam adormecidas, era o ar tão grave, tão prenhe de ansiedade, tão saturado de vida invisível.

Outro crepúsculo caía. Tal como uma esfera acesa, ia rodando até o ocaso, abrasando o firmamento e tudo quanto o sol alumiava. O rosto de Jesus, os muros das casas, as folhas das árvores, tudo refletia com doçura aquela claridade distante e pensativa. A parede já não era alva e a alva cidade, também, parecia avermelhada sobre uma montanha cheia de fogo.

2

Então surgiu Judas.

Acercou-se numa atitude rasteira, dobrando o espinhaço, com a cara feia e inclinada para a frente, medroso e circunspecto, tal como era descrito por aqueles que o conheciam. Era mais bem aprumado, de uma estatura elevada, quase como a de Jesus, o qual, não obstante o costume que havia adquirido de meditar enquanto andava, tinha as espáduas algo encurvadas e dava a impressão de ser mais baixo do que era na realidade. Observava-se que, sem dúvida, não faltava força muscular a Judas; não se sabia, porém, por que aparentava sempre um aspecto de homem débil e enfermiço. Sua voz mudava constantemente; ora ressoava como se saísse de peito valente e vigoroso; ora tornava-se acre e guinchada como a de uma velha harpa que range. Os que o ouviam experimentavam o vago prurido de arrancar de seus ouvidos as palavras de Judas, mortificadas e desgarradas como espinhos.

Seu pêlo, curto e vermelho, apenas dissimulado; o crânio disforme, dividido desde a nuca em quatro partes, como por um duplo corte de sabre. Dentro daquela cabeça — diziam — não pode haver harmonia nem paz; dentro dela deve retumbar incessantemente o fragor de ferozes e sangrentas batalhas!

Seu rosto também era irregular; numa das faces tinha um olho negro e penetrante; vivia, agitava-se sem cessar, franzia-se em mil diminutas rugas; a outra, lisa e imóvel, parecia morta, sendo de idêntico tamanho; o olho cego, que se arqueava desmesurado abaixo da pálpebra, dava a impressão de enormidade. Coberto por uma catarata esbranquiçada, dia e noite sempre igual, insensível à luz e às trevas. Mas ao lado dele estava o outro, vivo e malicioso, e ninguém o tomava por morto.

Quando um acesso de emoção ou de humildade entortava-lhe o olho são e inclinava-lhe a cabeça, o olho cego ia seguindo os movimentos do rosto num mirar silencioso. Nesses momentos, até as pessoas menos atiladas compreendiam bem que nada de bom podiam esperar de um homem como aquele.

Jesus chamou-o para o seu lado, dando-lhe um lugar entre os eleitos.

Nesse dia, João, discípulo predileto, teve um gesto de desgosto; os outros, que amavam o Mestre, ensombraram-se, mas Judas não fez caso; sentou-se balançando a cabeça, com pena de si próprio. Segundo ele, sofria muito de noite, acossado pela enfermidade; faltava-lhe o fôlego, quando subia uma colina, e quando assomava à beira de um abismo, custava-lhe grande sacrifício não ceder ao estúpido desejo de se atirar ao fundo.

Descaradamente, inventava uma série de histórias desse gênero, esfregando o peito com a sua manápula[2] e, em meio ao silêncio geral, esforçava-se em tossir para persuadir todos de que a doença era real.

Todos, com olhares fixos no solo, ouviam-no.

Repentinamente e sem olhar para o Mestre, João perguntou, em voz baixa, a Simão Pedro:

— Não te cansas de tantas mentiras? Eu não posso agüentar mais. Retiro-me.

Pedro pôs os olhos em Jesus. Seu olhar cruzou com o do Mestre.

— Espera! — disse, levantando-se.

E caminhando para Judas com a rapidez do seixo que se desprende pela encosta da montanha, Pedro disse-lhe solícito, carinhoso.

— Eis-te conosco, Judas!

E, dizendo isso, deu-lhe uma palmadinha amistosa no ombro. Depois, sem olhar para o Mestre, cujos olhos sentia fixos nele, acrescentou, resoluto, numa voz clara e segura, que afastava toda réplica:

— Não importa que teu aspecto seja desagradável e antipático; às vezes prendem-se nas redes dos pescadores peixes de aspecto repelente que, sem dúvida, são os mais saborosos... Não é a nós, pobres pescadores de Nosso Senhor, que cabe repelir o peixe capturado, por ser repugnante à vista e eriçado de espinhos. Uma vez, em Tiro, vi um enorme polvo, que acabavam de pescar; assustei-me tanto que estive a ponto de sair correndo. Mas os pescadores riram de mim e me fizeram comer aquele

---

[2] Manápula é um substantivo feminino que significa mão grande e malfeita. Alteração de manopla, uma luva de ferro que fazia parte das antigas armaduras de guerra.

pescado. Tão bom era seu gosto que pedi mais. Recordas, Mestre? O relato desse acontecimento te fez rir... Tu, Judas, te assemelhas àquele polvo... mas tão-somente em parte...

E Pedro, regozijando-se com a comparação, soltou uma gargalhada.

Quando Pedro falava, sua voz tinha uma vibração metálica, como se rebitasse com um martelo as palavras sobre uma bigorna; e quando caminhava ou trabalhava, tudo era movimento e estrondo ao seu redor; o solo lajeado rangia sob seus passos, as portas batiam e estalavam e até o ar parecia estremecer medrosamente. Nas montanhas, sua voz despertava sonoridades brutais e, pela manhã, quando descia ao lago, ela corria sobre as águas sonolentas e cintilantes, como uma bola no piso, fazendo sorrir os primeiros raios tímidos da aurora. Dir-se-ia que a natureza amava, com predileção, Pedro, por causa de sua voz. À alvorada, quando os semblantes dos companheiros permaneciam sumidos na penumbra e envoltos no véu da noite, ele, a cabeça grande e o peito largo e desnudo, resplandecia de luz.

As palavras que ele havia dirigido a Judas e que o Mestre visivelmente aprovara desvaneceram o mal-estar que pesava sobre os presentes; mas os que haviam tido oportunidade de estar no mar e, como ele, de ter visto polvos, ficaram aflitos com a semelhança apontada entre os monstros marinhos e o novo discípulo. Vinham-lhes à memória aqueles olhos enormes, aqueles tentáculos, aquela fingida calma do monstro ao lançar-se sobre a presa e envolvê-la, apertá-la, estrangulá-la e chupá-la, sem que nada perturbasse a espantosa imobilidade de seus olhos.

Essa semelhança sugeria-lhes os mais sombrios pensamentos. O Mestre calava e sorria, observando, com um olhar irônico e benévolo, Pedro que, com grande veemência, continuava a sua pilhéria. Então, ligeiramente coibidos, os discípulos foram, uns atrás dos outros, acercando-se de Judas. Falaram como amigos, e logo, mortificados, afastaram-se dele.

João, filho de Zebedeu, calava desconfiado. O mesmo fazia Tomé, que tampouco se decidia a falar, absorto em suas reflexões sobre o que acabara de suceder. Observando com atenção Judas, sentado ao lado do Mestre, e aquele estranho grupo de beleza divina e de monstruosa fealdade, do homem de olhar suavíssimo ao elegante de olhos fixos e rapaces, via-se que lhes torturava a mente um enigma insolúvel, que lhes enrugava a fronte larga, franzindo-lhes as sobrancelhas, entortando-lhes os olhos. Eles procuravam observar e uma visão fantástica se lhes apoderava do espírito: parecia que Judas tinha, na realidade, como o polvo, uns tentáculos que se moviam sem cessar. Mas logo voltaram a si, pondo-se a observar friamente o recém-chegado.

Este, cada vez mais, se sentia cheio de convicção própria: os braços, encolhidos, alargavam-se; estendia os músculos dos maxilares e erguia a cabeça disforme. Pouco a pouco, como se saísse de um abismo, os discípulos viram iluminar-se seus cabelos, depois os olhos, e por fim o rosto.

Pedro tinha saído, ignorando-se para onde; e o Mestre continuava sentado com a fronte apoiada na palma da mão, pensativo, balançando suavemente seu pé tostado pelo sol. Os discípulos conversavam entre si; apenas Tomé, impassível e mudo, o olhar fixo em Judas, analisava-o, grave, semelhante a um alfaiate consciencioso que toma as medidas de um freguês. Judas sorriu e Tomé, sem corresponder a esse sorriso, continuou seu exame. Algo desagradável inquietava a face esquerda de Judas, que, ao virar-se, lhe dirigia os raios límpidos e frios das pupilas. João, o belo discípulo imaculado, de consciência virginal e branca como a neve, permanecia silencioso. Judas acercou-se dele com o passo temeroso de um cachorro sarnento.

— Por que estás calado, João? — perguntou-lhe. — Tuas palavras assemelham-se a frutos de ouro servidos em cálices de prata. Dá um a Judas, que é tão pobre.

João não respondeu e Judas caminhou, com passos lentos, desaparecendo no vão da porta, aberta de par em par.

Era plenilúnio e quase todos os apóstolos passeavam. Jesus havia saído, também; Judas tinha se deitado no leito de um estreito cubículo, do qual podia ver os demais que iam e vinham. À luz da lua, as silhuetas apareciam tênues e vagas, deslizando, seguidas por sombras opacas. Às vezes desvaneciam-se na obscuridade e ouvia-se uma voz, a do Mestre, mas, ao regressarem à claridade, reinava novamente o silêncio e tudo ficava mudo: as silhuetas brancas, as sombras negras nas paredes e a noite a um tempo escura e transparente.

Quase todos eles dormiam quando Judas ouviu a voz baixa do Mestre; e tudo se calou na casa e nos arredores.

Um galo cantou; um asno relinchou estrepitosamente, como se a aurora fosse despontar.

Judas continuava velando, vigilante, o ouvido aguçado. A lua iluminava-lhe metade do rosto, refletindo-se de modo singular em seu olho imóvel, como num lago coberto de gelo.

Recordando-se do papel que lhe cabia representar, procurou tossir e, com a manápula, tocou no peito largo e peludo. Podia ser que alguém estivesse ali, atrás dele, à espreita de seus secretos pensamentos.

3

Pouco a pouco, todos foram se habituando a Judas e não lhe notaram mais a fealdade. Jesus havia lhe confiado o cofre do dinheiro e a ele ficaram atribuídos os misteres da comunidade. Comprava alimentos e roupas necessárias, distribuía esmolas e, nas viagens, cuidava de procurar albergues para pernoitarem. Cumpria, com esmero, o seu encargo; demonstrava zelo e habilidade em suas funções, e não tardou em granjear a benevolência dos companheiros.

Judas mentia em todas as ocasiões, mas não faziam caso, porque seus embustes não ocultavam atos reprováveis; davam, ao contrário, certo relevo às suas histórias e à sua conversação, e isso tirava, em grande parte, a monotonia da vida que levavam.

A julgar pelos seus ditos, Judas conhecia todo mundo e cada um de quem falava havia cometido uma má ação ou mesmo um crime. Segundo ele, não havia pessoas bondosas, mas homens que sabiam ocultar manhosamente seus atos e intenções; adulavam, lisonjeavam, usavam de astúcia, de mentiras, de vilanias e a abominação emanava deles como o pus de uma chaga. Às vezes concedia de bom grado ser um mentiroso, mas jurava e perjurava que os outros mentiam mais, e que se havia no mundo alguém a quem houvessem enganado era ele próprio, Judas.

Não raro — dizia — havia logrado arrancar a confissão de pensamentos criminosos de pessoas tidas em grande estima. Assim, o guardião de um ricaço fez-lhe, um dia, a confidência de que carregava há dez anos o desejo de roubar o amo, mas não se atrevia a isso por temor à consciência e ao seu senhor. Judas deu crédito às palavras do guardião e este o enganou, roubando o tesouro que lhe confiaram. Então Judas persuadiu-se de que o furto estava consumado, porém, também dessa vez, foi enganado em sua boa-fé: o guardião havia lhe devolvido todo o dinheiro.

Dizia que todos o enganavam, inclusive os animais. Quando se aventurava a acariciar um cachorro, este o mordia, e quando lhe descia o pau, o bicho lambia-lhe os pés e o olhava com submissão. Um dia, matou um desses animais, enterrando-o em abismo profundo, sobre o qual colocou uma pedra. E, coisa estúpida, o cachorro saltou da cova e saiu correndo alegremente na direção dos donos!

Todos riam, ouvindo Judas; ele também sorria, piscava o olho e não tardava em reconhecer, com o mesmo sorriso irônico, que havia mentido um pouco. Não, não havia matado o cachorro, mas podia assegurar que, se o encontrasse pelo caminho, o mataria, para não ser enganado. E essas palavras excitavam ainda mais a hilaridade dos companheiros.

Outras vezes, contava-lhes coisas fantásticas e inverossímeis, atribuindo aos homens sentimentos que nem os próprios animais possuem, acusando-os de crimes impossíveis, de monstruosidades inexistentes. E como um dia invocasse o nome de um personagem muito respeitável, os ouvintes, protestando contra a calúnia, perguntaram-lhe rindo:

— E teus pais, Judas, eram boas pessoas?

Judas sorriu e meneou a cabeça.

— De meus pais, falais... E quem foi meu pai? Quiçá o homem que me interpela, quiçá o demônio ou um cabrito, ou mesmo um galo. Porventura Judas pôde conhecer a todos que compartilharam do seu nascimento? Judas não conheceu seus pais... De qual deles falais?

Um leve murmúrio fez-se ouvir.

Essas palavras sacrílegas foram acolhidas por um vozerio, porque todos eles veneravam os pais. Mateus, que conhecia muito bem as Santas Escrituras, citou com voz severa as palavras de Salomão:

— "Se alguém maldiz de seu pai e de sua mãe, a sua luz se apagará nas trevas."

João, filho de Zebedeu, perguntou numa voz altiva:

— E de nós? Que tens de mal a dizer, Judas Iscariotes?

Judas simulou grande terror, lançando gemidos lacrimosos, tal como um mendigo que pede esmolas aos transeuntes.

— Ah! Por que tentar Judas? Por que ridicularizam Judas? Por que o acham tão crédulo?

Uma face contraía-se em mil grotescas caretas e a outra permanecia grave, severa, e o olho mergulhava no vácuo.

Simão Pedro era o que mais se regozijava com as mentiras de Judas mas, um dia pôs-se taciturno, pensativo e, puxando Judas pela manga, levou-o para o lado:

— E Jesus? Que pensas tu de Jesus? — perguntou-lhe, inclinando-se ao ouvido. — Mas nada de mentiras, é o que te peço!

Judas olhou-o cheio de cólera:
— E tu, que pensas d'Ele?
Assustado, Pedro murmurou:
— Eu creio que é o Filho de Deus.
— E por que me vens com essas perguntas? Que poderá responder-te o filho de um bode bravo?
— Quero saber se O amas, porque, segundo parece, não amas ninguém, Judas!
Com a mesma cólera estranha, Iscariotes pronunciou em tom breve e cortante:
— Amo-O.

Após os dois dias que se seguiram àquela conversação, Pedro chamou Judas de "meu amigo polvo", e este, com manifesto mau-humor, procurou ocultar-se dele, metendo-se num canto, onde permaneceu, durante longo tempo, cabisbaixo e sombrio.

Judas ouvia com sinceridade unicamente Tomé. Não entendia este de pilhérias, mentiras e hipocrisias, e a cada palavra que ouvia buscava um sentido claro e categórico, interrompendo constantemente, com seus meticulosos reparos, os malignos relatos de Judas:

— Tens de provar o que dizes a respeito desse homem. Que tens ouvido? Quem estava contigo?

Judas enfurecia-se, chiava, explicando que tudo o que havia visto fora com os próprios olhos, e tudo o que ouvira fora com os próprios ouvidos. Mas Tomé continuava obstinadamente irredutível, dirigindo-lhe perguntas após perguntas, até obrigá-lo a confessar o embuste. Às vezes, para fugir do interrogatório, passava a outra história mais verossímil, sobre a qual Tomé logo meditava em silêncio e, encontrando nela algum ponto fraco, reiniciava, com voz calma, o seu inquérito, terminando por fazê-lo declarar que havia mentido novamente. Judas excitava a curiosidade de Tomé, criando, entre os dois homens, uma espécie de amizade cheia de gritos, invectivas e risadinhas, de um lado, e de perguntas tranqüilas e ininterruptas do outro. Quase freqüentemente Judas sentia insuportável aversão ao amigo e, atravessando-o com o olhar, perguntava:

— Que mais queres? Não te disse tudo?!

— Quero que demonstres de que modo um bode pode ser teu pai! — replicava Tomé impassível e obstinado.

Judas opunha um silêncio e cravava um olhar de assombro no corpo rígido, nos olhos francos e claros, na fronte vincada, na barba hirsuta do amigo:

— Que tonto, és! — debatia. — Hás de querer saber o que vês nos sonhos, se é uma parede, uma árvore ou um asno?

Tomé não insistia. No entanto, ao anoitecer, quando Judas se deitava perto dele no cubículo e cerrava seu olho vivo para dormir, exclamava em voz alta:

— Tu te enganas, Judas: tenho maus sonhos. Terá o homem de responder também pelos seus sonhos? Que é que tu pensas?

— Outra pessoa vê aqui o que sonhas?

Tomé suspirava e punha-se a refletir. Judas sorria com desprezo, fechava taciturno o olho e entregava-se ao descanso; descanso povoado de monstruosos pesadelos, de quimeras insensatas, de visões espantosas que bailavam e se lhe confundiam no cérebro.

4

Durante as peregrinações de Jesus e de seus discípulos, pela Judéia, quando se aproximavam de algum povoado, Judas antecipava-se a preveni-los contra os seus moradores, falando que eram maus e predizendo que seriam recebidos com hostilidade. Entretanto, quase sempre ocorria de os habitantes acolherem com prazer Jesus e os apóstolos, devotando-lhes afeição e amor, e adotando com entusiasmo os seus ensinamentos. O cofre, em que Judas guardava o dinheiro tornava-se muito pesado e, com dificuldade, ele conseguia transportá-lo. Todos lhe ridicularizavam os receios e ele respondia gesticulando com ar submisso:

— Sim, sim! Judas acreditava que fossem maus e são bons. Converteram-se e deram-nos dinheiro. Enganaram, pois, o crédulo Judas, o pobre Judas Iscariotes!

Mas certa vez, quando se achavam distantes de um povoado onde foram bem recebidos, entabulou-se entre Tomé e Judas violentíssima discussão e, a fim de encerrá-la, ambos regressaram ao lugarejo. No dia seguinte alcançaram Jesus e os demais discípulos. Tomé vinha triste e perplexo, enquanto Judas se mostrava orgulhoso como se esperasse felicitações e agradecimentos. Tomé acercou-se de Jesus e declarou resolutamente:

— Senhor, Judas tinha razão! As pessoas do lugarejo são estúpidas e malvadas. A semente de Tuas palavras caiu em terreno pedregoso.

E pôs-se a narrar o que havia acontecido no povoado. Enquanto Jesus e os discípulos caminhavam, uma velha começou a gritar que lhe haviam roubado um cabrito branco e acusava de furto o Nazareno e seus discípulos. No início queriam contradizê-la, mas ela se obstinava em culpar Jesus como autor do furto, e as pessoas crédulas queriam ir no encalço dos ladrões. Mas momentos depois, reapareceu o cabrito que causara a Jesus a suspeita de impostor e ladrão.

— Miseráveis! — exclamou Pedro. — Queres, Senhor, que eu vá...

Jesus não havia despregado os lábios durante os acontecimentos; lançou um olhar severo a Pedro que, sem terminar a frase, se retirou, indo esconder-se entre os demais.

Ninguém falou sobre o que acontecera, como se, na realidade, nada houvesse acontecido. Ter-se-ia dito que Judas não tinha razão. Inutilmente procurava mostrar uma face ingênua e modesta no semblante monstruoso, no qual se destacava o nariz de ave de rapina. Ninguém lhe dava a menor importância, e se alguém, de vez em quando, lhe dirigia um olhar, fazia-o com visível animosidade e desdém.

Desde aquele dia Jesus manifestou mudança na maneira de proceder com Judas.

O Mestre raramente havia falado com Judas, que jamais se dirigira a ele diretamente. Jesus limitava-se a olhá-lo com os olhos carinhosos e sorridentes, e quando tardava demasiado em vê-lo, perguntava aos outros:

— Onde está Judas?

Ultimamente, parecia não fazer caso dele e o seguia com o olhar cada vez que falava ao povo ou prodigalizava ensinamentos aos discípulos. Na maioria das vezes, Jesus volvia as costas a Judas e lançava as palavras por cima dos ombros do judeu, ou então simulava não sentir a sua presença. Mas sempre se tinha a impressão de que as frases do Mestre iam de encontro a Iscariotes, parecendo mesmo, nessas ocasiões, que elas eram dirigidas diretamente contra ele.

Jesus simbolizava para todos uma flor suave e bela, como uma fragrante rosa do Líbano; em troca, Judas era só espinhos, como se não tivesse coração, como se fosse desprovido de olhos e ouvidos, como se fosse diferente dos companheiros, incapaz de apreciar o esplendor das pétalas frágeis e imaculadas.

Certa vez, Judas perguntou ao amigo Tomé:

— Agrada-te a rosa amarela do Líbano, de rosto tostado e olhos como os da gazela?

— Sim, agrada-me o seu perfume — respondeu o outro com indiferença. — Jamais ouvi falar, porém, que as rosas tivessem rostos tostados e olhos de gazela.

— É verdade? E acaso não sabes que o cacto que rasgou as tuas vestes novas tem uma flor encarnada e um olho?

Tomé ignorava ainda que, na véspera, um cacto lhe rasgara as roupas. O cândido Tomé nada sabia, apesar da insaciável curiosidade e de suas perguntas constantes. Os seus olhos tinham uma expressão franca e sincera, e suas pupilas eram diáfanas, e tudo era visível através delas como através de um cristal fenício.

Passados alguns dias, aconteceu que Judas teve de novo razão. Foi no povoado de Judéia, para onde decidiram rumar, apesar das admoestações e conselhos de Judas. A população acolheu Jesus e os apóstolos com mostras de desagrado, e ao finalizar a prática na qual o Senhor censurava os hipócritas, a multidão enfureceu-se e quis decapitar Jesus e seus discípulos.

Aqueles energúmenos formavam uma corte, e se não fosse a intervenção de Judas, teriam realizado o projeto criminoso. Judas, tomado de terror, como se visse a túnica imaculada de Jesus banhada de sangue, começou a gritar, a suplicar e a mentir, ameaçando-os para que o Mestre e os discípulos pudessem salvar-se. Poder-se-ia afirmar que tinha dez metros: grotesco e espantoso em suas súplicas e imprecações, agitava-se como um possesso diante da multidão que se imobilizou como por força de estranho e desconhecido poder. Judas afirmava que Jesus não era instrumento de Satanás, mas um impostor, um homem apaixonado pelo dinheiro alheio, bem como todos os que O acompanhavam, inclusive ele próprio. E ao falar, sacudia com estrondo o cofre, arrastando-o pelo solo e esforçando-se para demonstrar nítida humilhação.

O povo, pouco a pouco, trocava a ira pelo asco; começaram a chover os escárnios; as pedras que tinham nas mãos caíram inertes.

— Não, não são dignas essas pessoas de morrer em nossas mãos honradas! — declaravam os habitantes, seguindo, com o olhar, Judas, que se distanciava a passos largos.

Judas Iscariotes, mais uma vez, esperava receber as felicitações e as palavras de gratidão dos apóstolos, mostrando as vestes rotas e assegurando-lhes que o haviam espancado em demasia, mas todos o acolheram com um silêncio glacial. Jesus, entristecido, caminhava a passos lentos, na frente, sem despregar os lábios. Nem João nem Pedro ousavam acercar-se d'Ele.

E aqueles que de vez em quando lançavam um olhar furtivo a Judas, observando-lhe as roupas rasgadas, o rosto satisfeito e animado, no qual persistiam ainda vestígios de terror, manifestavam repulsa com gestos irritados. Ninguém disse que fora ele quem salvara com o escândalo a vida do Mestre e dos companheiros.

— Viste como são imbecis? — disse Judas a Tomé, que caminhava mergulhado em suas reflexões. — Olha-os, vão pelo caminho como um rebanho de cordeiros, levantando o pó com os pés. Tomé, tu que és inteligente e eu, o formoso e nobre Judas, vamos separados, como escravos, indignos da companhia do Mestre!

— Por que dizes que és formoso? — perguntou Tomé, estupefato.

— Porque o sou! — afirmou Judas com convicção.

E pôs-se a narrar, com floreios de simplicidade, como havia conseguido burlar os inimigos de Jesus e mofar suas ameaças.

— Mas tu mentiste! — observou Tomé.

— Pois bem, menti — acrescentou com tranqüilidade. — Eu lhes dei o que pediam e me devolveram aquilo de que eu necessitava. Que é a mentira, meu inteligente Tomé? A morte de Jesus não haveria de ser uma mentira mais funesta?

— Não, Judas. Falaste mal. Agora me convenci de que o demônio foi teu pai. Foi ele quem te inspirou, Judas!

Iscariotes suspirou aliviado e quedou-se ante Tomé, olhou-o fixamente nas pupilas, atraiu-o para si, enlaçando-o com força, dizendo:

— Então, foi o demônio que me inspirou?... Bem, muito bem, Tomé. Dize-me, salvei ou não o Mestre? Sim, é verdade. O demônio tem interesse em salvar o Cristo. Logo, Jesus e a Verdade são necessários ao diabo. Muito bem... Mas hás de saber, Tomé, que o diabo não foi meu pai; foi um bode. Quem sabe se este também interessa a Jesus, eh? E vós todos não precisais dele? Não precisais da verdade? Responde, anda, responde...

Tomé, indignado, desprendeu-se dos braços de Judas, começando a andar com passadas rápidas; depois moderou os passos e pôs-se a caminhar lentamente, procurando compreender tudo quanto havia ouvido.

Judas caminhava apressado e o grupo compacto dos apóstolos seguia a distância, sem poder distinguir-se a figura de Jesus. Tomé não era mais que um ponto escuro na sombra e de repente todos desapareceram numa curva da estrada.

Judas lançou um olhar ao redor, afastou-se do caminho e, dando enormes saltos, aproximou-se de um barranco profundo e pedregoso. À medida que descia, as roupas enfunavam-se e os braços agitavam-se por cima da cabeça como se quisessem voar. Numa encosta, resvalou e foi rodando como uma bola, machucando-se nas pedras. Quando parou, levantou-se e, com o punho erguido para a montanha, gritou, áspero e colérico:

— Também tu, maldita?

Após moderar a descida, chegou ao fundo do abismo, escolheu uma gruta e ocultou-se como um cachorro. Permaneceu ali uma, duas horas, confundido com os calhaus, enganando os pássaros com a sua imobilidade. Erguiam-se diante dele os flancos abruptos do barranco, cuja linha quebrada se desenhava no céu azul-escuro; levantavam-se por todos os lados enormes blocos de granito, cravados na terra; parecia que, em tempos remotos, desabara uma chuva de pedras em pesadas gotas, imobilizadas por toda a eternidade. Aquele bloco granítico, desértico e selvagem, semelhante a um crânio colossal separado do tronco, erguia arestas de rochas como tantos pensamentos petrificados no sonho obstinado e eterno.

Um escorpião deslizou diante de Judas, que o viu olhar fixamente para um ponto invisível com seus olhos imóveis, cobertos por um véu esbranquiçado. Aqueles olhos pareciam cegos e, por vezes, videntes. Da terra, dos pedregulhos, das gretas começaram a subir as trevas aprazíveis da noite; logo envolveram Judas e flutuaram céleres até o céu luminoso, que empalidecia.

Chegava a sombra com suas fantasmagorias e seus sonhos. Naquela noite, Judas não dormiu no pouso, e os apóstolos, obrigados a interromper a meditação para atender aos cuidados domésticos, murmuraram contra a negligência do ausente.

5

Certo dia, Jesus e os apóstolos subiam por um carreiro escarpado e, como havia cinco horas que andavam, o Mestre queixou-se de cansaço. Os discípulos detiveram-se. Pedro e João estenderam suas mantas na terra e, com outras penduradas entre a ramagem, fizeram uma espécie de tenda. Debaixo da sombra das árvores o Senhor ficou descansando, enquanto os demais conversavam alegremente, trocando frases de bom-humor e ditos inocentes. Percebendo que as conversas molestavam o Mestre, afastaram-se e entregaram-se a diversos exercícios, insensíveis como eram ao calor e à fadiga. Um deles pôs-se a cortar raízes comestíveis, levando-as ao Mestre; outro subiu numa elevação para melhor apreciar o azulado panorama. Entre as pedras, João encontrou um lagarto e, com certas precauções, levou-o para o Senhor para que este o admirasse. O lagarto cravou o olhar enigmático nos olhos do Nazareno. Pedro, que não apreciava divertimentos pacíficos, entretinha-se em companhia de Filipe, arrancando do monte grossos seixos e lançando-os pela encosta. Alardeavam as respectivas forças, estabelecendo-se entre os dois dissimulada disputa. Os demais, atraídos pelos risos de ambos, foram se aproximando, pouco a pouco tomando parte na divertida brincadeira. Arrancavam, sem dificuldade, grandes pedras, levantando-as alto e, estirando os braços, arrojavam-nas ao longe. Quando elas caíam, ouvia-se um estrondo curto e surdo. Dava-se uma pausa, como se elas refletissem por instantes; depois, saltavam vacilantes e, a cada contato com a terra, redobravam sua força e velocidade, tornando-se mais ligeiras e mais destruidoras. Não paravam. Pareciam voar rasgando os ares, silvando, até se precipitarem no fundo do abismo invisível.

— Vamos, mais uma! — gritava Simão, os dentes brancos a reluzirem no meio da barba negra; o peito hercúleo e os braços desnudos.

Dir-se-ia que as próprias pedras ficavam assombradas com a força com que eram lançadas uma após outra, obedientes ao desconhecido. João atirava pedras menores por conta da sua delicadeza. Jesus admirava, com olhar benévolo e doce, o divertimento dos discípulos.

— E tu, Judas, por que não vens atirar pedras? — perguntou-lhe o amigo Tomé, vendo-o a distância sentado num penhasco.

— Dói-me o peito. Além disso, ninguém me convidou.

— Pois, se é isso o que desejas, eu te convido. Vem e olha as pedras que Simão Pedro atira.

Judas olhou-o de soslaio e foi quando Tomé admitiu, vagamente, que aquele homenzinho tinha duas caras. Mas antes que o confirmasse, o outro, com seu tom habitual e alegando dor, dizia ironicamente:

— Será que existe alguém mais forte que Simão Pedro? Quando grita, todos os asnos de Jerusalém crêem ser o Messias que chega e se põem a relinchar. Tomé, tu nunca ouvistes?

Com sorriso afável e cruzando pudicamente a parte da vestimenta sobre o peito coberto de pêlos dourados, Judas entrou no círculo dos jogadores. Todos estavam de bom humor e o acolheram jubilosos. João esboçou um gesto de indulgência quando do Judas, suspirando e queixando-se como um verdadeiro doente, se apoderou de enorme pedra, levantou-a e, sem o menor cansaço, lançou-a a distância. Seu olho cego e enrugado sob uma vaga vacilação cravou-se em Pedro, enquanto a outra pupila se enchia de astúcia e prazer.

— Atira outra! — disse Pedro, despeitado.

E os dois, alternadamente, tiraram e arremessaram projéteis enormes, prendendo a atenção de todos os apóstolos. Pedro levantava um calhau rijo e maciço, mas Judas escolhia outro maior. Pedro, furioso, lograva arrancar um fragmento de rocha, projetando-o, com visíveis esforços, ao longe. Judas sorria sempre, procurando, com a vista, um bloco mais pesado; aprisionava-o nos dedos férreos e compridos, vacilava e o arrancava, empalidecendo. Uma vez arrojada a pedra, Pedro acompanhava-a com o olhar, enquanto Judas, ao contrário, se inclinava para a frente e estendia os braços como se quisesse segui-la. Pedro e Judas dirigiram-se a um bloco de pedra bem maior – nenhum dos dois conseguiu levantá-lo. Pedro, o rosto incendiado, acercou-se resolutamente de Jesus e disse numa voz tonante:

— Senhor, não quero que Judas seja aqui o mais forte! Ajuda-me a levantar esta pedra!

Jesus respondeu, em voz baixa, enquanto Pedro, encolhendo os ombros, mal-humorado, foi reunir-se aos demais:

— E quem ajudaria o Iscariotes?

Judas persistiu em mover o bloco, forcejando com os dentes apertados e o rosto suado. E Pedro começou a rir:

— Olhai o nosso doente! — exclamou. — Vede o que faz o nosso pobre Judas!

O próprio Judas começou a rir ante aquela prova evidente de sua hipocrisia e todos se regozijaram; até mesmo o grave Tomé, cujos lábios se entreabriram um pouco e o bigode gris se moveu ligeiramente. E assim, rindo e brincando, puseram-se a caminhar. Pedro, reconciliado com o adversário, dava-lhe, de vez em quando, palmadinhas nas costas:

— És um traste!

Todos felicitaram Judas, reconhecendo-lhe a força e a destreza, mas Jesus não se associou aos elogios. Seguia na frente, sozinho, mordiscando um fiapo de erva. Pouco a pouco, os discípulos cessaram de rir e, um após outro, acercaram-se d'Ele. Novamente formaram um grupo compacto ao redor do Mestre, enquanto Judas, o vencedor, Judas, o forte, ficara atrasado, respirando o pó que os outros levantavam.

Os caminhantes pararam. Jesus pôs uma das mãos no ombro de Pedro e com a outra assinalou Jerusalém, que se vislumbrava no horizonte. E as espáduas de Pedro, largas e robustas, estremeceram sob o peso daquela mão fina, delicada.

6

Eles passaram a noite na casa de Lázaro, na Betânia.

Quando todos estavam reunidos, Judas acercou-se do grupo, supondo que falavam de suas vitórias da manhã, porém os discípulos estavam silenciosos e pensativos. As cenas do caminho percorrido, o sol, os penhascos, os prados, o Senhor repousando na tenda improvisada, flutuavam-lhes nos cérebros, suscitando-lhes doces recordações e um desejo de vagar eternamente sob o sol. Os corpos exaustos repousavam e ninguém se lembrava de Judas.

Este saiu e voltou. Jesus falava aos apóstolos e, sentada aos seus pés, imóvel como uma estátua, estava Maria que, com a cabeça erguida, contemplava o Mestre. Perto de Jesus encontrava-se João, que alisava ternamente, com os dedos, as véstias do Nazareno, enquanto Pedro respirava ruidosamente, acompanhando, com o ritmo do seu alento, as palavras do Mestre.

Sem fazer caso dos presentes, Judas deteve-se no umbral e observou o Senhor com um olhar ardente. À medida que olhava, as coisas obscureciam-se ao redor; apagavam-se, povoando-se de silêncios e de mistérios. Apenas Judas tinha a impressão de que o Mestre se esfumava, elevando-se às alturas, semelhante à neblina, que flutua sobre os lagos, atravessada pela luz da lua.

Parecia-lhe que Suas palavras, impregnadas de ternura, vinham da distância, quem sabe de onde. E ao contemplar aquela silhueta vacilante, ao ouvir a harmoniosa melodia de Suas palavras, Judas apertou os dentes e fechou a boca como se quisesse conter a própria alma e, envolto nas trevas, pôs-se a imaginar uma obra gigantesca. Não se sabe por que, na escuridão de seu isolamento, levantava massas enormes como montanhas e as amontoava, sem esforço, umas sobre as outras; aproximou outras e as juntou às primeiras. E aquilo crescia sem ruído estendendo-se como um campo no qual se perdem os limites; Judas sentia que seu cérebro era como a cúpula de uma construção misteriosa, que se cimentava nas trevas insondáveis. E a mole colossal foi subindo, subindo cada vez mais alto, apesar dos lábios divinos continuarem emanando ternas palavras provindas da distância.

Judas permaneceu no umbral enorme e negro, impedindo a passagem. Jesus falava acompanhado do alento de Simão Pedro. O Mestre calou-se repentinamente. Pedro, como se despertasse, exclamou com entusiasmo:

— Senhor, Tu conheces a verdade da vida eterna!

Jesus, com os olhos imóveis, nada disse. Os que Lhe seguiram o olhar viram no umbral Judas, que abria a boca e arqueava as sobrancelhas. Sem compreender do que se tratava, riram. O sábio Mateus tocou no ombro de Iscariotes, recitando-lhe as palavras de Salomão:

— "Ter-se-á misericórdia do que for humilde, mas o que fica nas portas mortifica os outros."

Judas estremeceu, lançando um grito de espanto. Dir-se-ia que todo o corpo, os olhos, as mãos e os pés lhe fugiam. Parecia que, naquele instante, o animal fora surpreendido de súbito pela presença do homem.

Jesus levantou-se e caminhou para ele. Levava uma palavra nos lábios, porém nada pronunciou, e o outro franqueou-lhe o umbral...

À meia-noite, Tomé, inquieto, abeirou-se do leito de Judas e agachou-se, perguntando-lhe:
— Judas, estás chorando?
— Não, Tomé. Vai-te!
— Por que gemes e ranges os dentes? Estás sentindo dor?
Judas silenciou por instantes; logo, uma após outra, fluíram-lhe dos lábios palavras rudes, cheias de dor e de cólera:
— Por que não me ama? Ele? Por que ama os outros? Eu não sou por acaso o mais forte e o mais formoso? Quem, se não eu, lhe salvou a vida, enquanto os outros fugiam como cães poltrões?
— Não tens razão, amigo, tu não és tão formoso assim e tua língua é tão pérfida como repulsivo é o teu rosto. Mentes e calunias sem cessar. Como queres que Ele te ame?
Judas parecia não ouvi-lo e continuava movendo-se nas trevas.
— Por que não está Ele com Judas e sim com os que não O amam? João ofereceu-lhe um lagarto; eu lhe levaria uma serpente venenosa. Pedro lançou enormes pedras; eu, para agradar-lhe, removeria montanhas. Que é, afinal, uma serpente peçonhenta? Se lhe arrancam os dentes envenenados, enrola-se ao pescoço como um colar. Que é, afinal, uma montanha? Não se pode, por acaso, esvaziá-la com as mãos e calcá-la com os pés? Algo melhor eu Lhe houvera dado; o formoso Judas, o valente Judas! Mas agora perecerá e Judas perecerá com Ele...
— Meu amigo, que coisas esquisitas estás dizendo.
— "Uma figueira seca deve ser derrubada com um machado!" Eis o que se tem dito! Por que Ele não me derruba? Por que não se atreve, Tomé? Eu sei: tem medo de Judas, o elegante, o forte, o valente Judas! E prefere os demais, os imbecis, os traidores e os mentirosos. Tu também és um mentiroso, Tomé! Ouviste?
Tomé, estupefato, ia responder, mas pensando que Judas o injuriaria ainda mais, como costumava fazer, limitou-se a mover significativamente a cabeça. Judas indignou-se; rangia os dentes e agitava-se sem cessar, gemendo, dizendo para si mesmo:

— Que te causas tamanha dor, Judas? Quem te incendiou o corpo? Suponhamos que hajas dado o filho aos cachorros, a filha aos bandidos e a mulher à prostituição! Mas Judas não teria um pouco o coração sensível e terno?

E dirigindo-se a Tomé, exclamava:

— Deixa-me, Tomé. Vai-te, imbecil! O formoso, o forte, o valente Judas quer ficar sozinho!

7

Judas apoderara-se de algum dinheiro; descobriu-se o furto graças a Tomé que, por casualidade, havia contado as moedas oferecidas pelo povo. Era de supor que aquele roubo não fosse o primeiro; a indignação foi geral. Pedro, enfurecido e colérico, pegou o ladrão pelo pescoço e levou-o à presença de Jesus, sem que o culpado, espantado e lívido, pensasse em resistir.

— Ei-lo, Mestre! Aqui está o ladrão! Depositaste confiança e ele nos roubou! Ladrão! Canalha! Com tua permissão, Senhor!...

Jesus calou-se. Pedro fitou-o atento e enrubesceu, abrindo a mão que tinha agarrado Judas. Este, sufocado e confuso, ajeitou as roupas e, seguindo Pedro com o olhar, tomou uma atitude contrariada de arrependimento.

— Ali! está bem — resmungou Pedro irritado e saiu, dando um empurrão.

Todos eles demonstravam certo descontentamento e afirmavam não desejar conviver com Judas, mas João refletiu um instante e entrou na sala contígua, onde se ouvia a terna e melodiosa voz do Mestre. Após minutos, voltou; tinha o rosto pálido e os olhos avermelhados, como se houvesse chorado.

— O Mestre disse que Judas podia retirar quanto dinheiro quisesse...

Pedro deu um sorriso malévolo e irritado. João olhou-o com reprovação: suas lágrimas mesclaram-se com a sua cólera e, num acento entrecortado, explicou:

— O Mestre disse: "Ninguém deve contar o dinheiro que Judas coleta. Judas é nosso irmão e o dinheiro da caixa pertence a ele e a nós. Se necessita dele, que o tome quanto lhe for necessário, sem que a ninguém o peça. Judas é nosso irmão e o haveis ofendido gravemente". Eis o que disse o Mestre. Envergonhemo-nos do nosso procedimento.

Judas, pálido, um sorriso de desgosto, estava no umbral. João avizinhou-se dele e beijou-o três vezes. Tiago, Filipe e os demais, confusos, seguiram-lhe o exemplo. Depois de cada beijo, Judas limpava a boca, mas beijava ruidosamente os companheiros com veemência, como se lhe agradasse o estalido dos lábios. Pedro foi o último a se aproximar e disse:

— Somos todos imbecis, todos cegos, Judas. Só Ele vê, só Ele é sábio. Permites que eu te beije?

— Por que não? — respondeu Judas.

Pedro deu-lhe um sonoro beijo, murmurando-lhe ao ouvido:

— Quase te esganei há pouco. Os outros te enfrentaram só com palavras; eu te agarrei pelo pescoço. Machuquei-te?

— Um pouco.

— Irei ver o Mestre e contarei tudo. Porque também me encolerizei contra Ele...

Só Tomé permanecia distante e sem beijar Judas.

— E tu, Tomé? — perguntou-lhe severamente João.

— Não sei o que devo fazer; preciso pensar.

E, pensativo, vagueou durante o dia. Os apóstolos, ocupados, iam e vinham em seu afazeres; ouvia-se aqui e ali a voz ruidosa de Pedro; Tomé continuava pensando. Já havia decidido, mas arrependeu-se dada a atitude de Judas, que o perseguia tenaz com o seu olhar irônico e, gravemente, de vez em quando, lhe perguntava:

— Tomé, como vais?

Judas, então, fingindo ignorar a presença do amigo, foi buscar o cofre e pôs-se a contar o dinheiro, somando uma a uma as moedas.

— Vinte e um, vinte e dois, vinte e três... Tomé, olha uma moeda falsa! Canalhas! Dão-nos moedas falsas!... Vinte e quatro... Logo dirão que Judas roubou! Vinte e cinco, vinte e seis...

A tarde caía quando Tomé, com ar resoluto, se acercou de Judas, dizendo:

— Judas, o Mestre tinha razão. Deixa que te beije.

— Verdade? Vinte e nove, trinta... É inútil... Roubarei outra vez... trinta e um...

— Roubarás como, se não é tudo teu, nem tudo meu? Irmão, tomarás o que te faças falta.

— E para repetir as palavras do Mestre necessitaste meditar toda a jornada? Não sabes o valor do tempo, Tomé?

— Tenho a impressão de que estás mofando de mim, irmão.

— Pensa bem, Tomé. Crês, realmente, que fazes bem em repetir as Suas palavras? Porque foi Ele quem disse: "Nem tudo teu, nem tudo meu", e não tu. Foi Ele quem me beijou; os outros não fizeram senão encostar os lábios. Ainda sinto vestígios de Seus lábios em meu rosto... Trinta e oito, trinta e nove, quarenta. Quarenta dinheiros, Tomé. Queres contá-los?

— É nosso Mestre. Por que não repetir as Suas palavras?

— Sim, mas Judas tem idéias e sabe de onde tirá-las. E se, na ausência do Mestre, for oferecido a Judas roubar mais três dinheiros — não tornareis novamente a pegá-lo pela garganta?

— Não, agora já o compreendemos.

— Sim, mas os discípulos possuem péssima memória. Todos os mestres não têm sido enganados pelos seus discípulos? Quando o Mestre levanta o seu indicador todos clamam: "Sabemos a lição", mas basta o Mestre cochilar um instante para que tudo fique esquecido. Hoje cedo me chamaste de ladrão e esta noite me chamas de irmão! Como me chamarás amanhã?

Judas ria. Levantou com uma das mãos o cofre e prosseguiu:
— Quando o vento sopra furioso, esparge as imundícies. Os imbecis exclamam: "Que vento!" Não é, sem dúvida, uma vassoura, porque o vento vai muito mais distante, meu caro Tomé. Entendes?

E riu novamente.

— Contenta-me vê-lo tão feliz — disse Tomé. — Mas dói-me que haja tanta maldade em tua alegria.

— É natural que eu me sinta alegre. Não vês que sou um homem extremamente útil? Se não houvesse roubado três dinheiros, João não teria oportunidade de sentir-se tão cheio de entusiasmo. Sou um prego onde João firma a sua virtude e Tomé a sua inteligência — ambas roídas pela ferrugem para arejar uma e outra!

— Creio ser melhor que eu me vá.

— Tudo é brincadeira, meu caro Tomé. Queria somente saber se eram reais os teus desejos de beijar Judas, este vil ladrão que furtou três dinheiros para dá-los a uma mendiga.

— Como? A uma mendiga? Falaste a Jesus?

— Meu amigo, tens dúvidas. Sim, a uma mendiga; mas se tu soubesses como estava a desgraçada! Dois dias sem comer...

— Estás certo?

— Creio! Estive com ela esses dois dias e vi que nada comeu; só bebia vinho tinto, quando lhe davam, e caía em desfalecimento...

Tomé levantou-se e, após distanciar-se alguns passos, exclamou:

— Na realidade, acredito, Judas, que Satanás é o que te inspira!...

E quando as trevas da noite desapareciam, ouviu-se um ruído de moedas, as quais ressoavam movidas pelas mãos de Judas. Tinha-se a impressão de que aquela sonoridade se mesclava aos risos de Judas Iscariotes.

8

No dia seguinte, Tomé reconheceu que se enganara: Judas mostrou-se sensível, bondoso e sério. Não tinha expressões, não se entregava a malignas facécias, não ofendia ninguém, cumprindo os deveres de ecônomo sigilosamente e com zelo. Hábil e destro, como nunca dava a impressão de não possuir duas pernas, mas uma dúzia. Ia e vinha, com ligeireza, sem ruídos, sem gritos, sem lamentos, sem aqueles esgares que lhe acompanhavam as atitudes.

Quando Jesus iniciava uma prática, Judas sentava-se num canto, cruzando as mãos, mirando com olhos doces e limpos.

Cessou com as calúnias. Passava horas seguidas sem despregar os lábios, de tal sorte que Mateus, tão severo, julgou imprescindível dirigir-lhe estas palavras de Salomão:

"O insensato mostra ao vizinho seu desprezo, enquanto o homem judicioso cala, prudentemente."

Todos se mostraram satisfeitos ao notar que Judas se transformara. Apenas Jesus o seguia com ar distante, como se se encontrasse afastado dele, mas sem demonstrar hostilidade. O próprio João, a quem Judas respeitava por ser ele o predileto do Senhor, e também porque interviera no assunto das moedas furtadas, mostrava-lhe alguma indulgência e, por vezes, dirigia-lhe a palavra.

Certo dia, perguntou condescendente:

— Dize-me, Judas, qual a tua opinião: quem será o primeiro, ao lado de Jesus, no reino dos Céus, Pedro ou eu?

Judas refletiu um instante e logo respondeu:

— Creio que serás tu.

— Pedro imagina que será ele — disse João, sorrindo.

— Não será Pedro porque, ao ouvir-lhe gritar, os anjos fugirão. Ouve como berra! Claro que fará uma polêmica sobre quem há de ser aquele que ocupará o primeiro lugar, porque também ele assegura que ama Jesus. Ele já é muito velho, tu és jovem; ele, rude e pesado, e tu ligeiro. Por isso tu voarás mais alto e entrarás primeiro com Cristo no Céu. Não é verdade?

— Sim, sim. Jamais abandonarei Jesus.

Naquele mesmo dia, Pedro formulou a mesma pergunta a Judas, mas receoso de que alguém lhe ouvisse a voz, levou-o a um lugar afastado, atrás da casa.

— Que pensas, Judas? — perguntou-lhe com ansiedade. Tu és inteligente; o próprio Mestre confia em ti. Dize-me a verdade.

— Serás o primeiro, não duvido — respondeu-lhe Judas sem vacilar.

Pedro, satisfeito, exclamou:

— Bem eu dizia!...

— Mas tens por obrigação fazer tudo o que estiver ao teu alcance para merecer o lugar.

— Já o sei.

— Ninguém há de te lograr, já que tu estás ali instalado. Porque tu não abandonarás Jesus, não é verdade? Não é à toa que Ele te apelidou de Pedro, isto é, pedra!

O iniciado pôs a mão sobre o ombro de Judas com ardor:

— Judas, digo-te que és o mais inteligente de todos nós! Mas por que te mostras tão sarcástico e tão mau? Se quiseres, poderás chegar a ser o discípulo predileto de Cristo, assim como João. Mas a ti não cederei o meu lugar ao lado de Jesus, nem aqui na Terra nem no Céu. Ouviste?

E Pedro levantou o braço em atitude de ameaça.

Judas procurava agradar a uns e outros; sem dúvida, a ninguém confiava seus secretos pensamentos. Mantinha-se sempre afastado dos demais, discreto e reservado, buscando sempre palavras que agradassem a todos. Dizia a Tomé:

— Os covardes confiam em todo mundo, mas o judicioso olha bem por onde caminha.

A Mateus, que gostava de comer muito e manifestava certa vergonha por isso, dizia:

— O justo come segundo o corpo exige, enquanto o mau jamais se sente saciado.

Como raras vezes pronunciava frases carinhosas, estas tinham inestimável valor. Calavam-se, ouviam atentamente e refletiam. Contudo, quando meditava, tinha um ar estrambótico e antipático, que inspirava aversão e medo ao mesmo tempo. Se movia o olho são e sagaz parecia sensível e bondoso, mas quando seu olhar se imobilizava e a pele da fronte se contraía, formando sulcos extravagantes, adivinhava-se facilmente que, naquele cérebro, se agitavam pensamentos turvos, e se sentia certo mal-estar ao contemplá-lo.

Aqueles misteriosos pensamentos não podiam formular-se e rodeavam de enigmático silêncio a figura de Judas; preferia-se, a essa atitude, frases, gestos e até mentiras, porque a mentira em linguagem humana assemelha-se à verdade e à luz em comparação com aquele mutismo profundo, surdo e sem eco.

— Sumiste em tuas reflexões — gritava-lhe, às vezes, Pedro; e a voz clara e sonora que saía de sua boca desgarrava as névoas taciturnas dos pensamentos de Judas, lançando-os não se sabe em que rincões sombrios.

— Em que estás pensando?

— Em muitas coisas! — respondia Judas, num sorriso.

O seu silêncio melancólico causava maléfico efeito aos companheiros; fugia cada vez mais do círculo dos iniciados; procurava dar longos passeios solitários ou sentava-se na sotéia da casa, sem ruído[3]. Constantemente, Tomé chocava-se com um objeto grisalho; era Judas.

Somente uma vez demonstrou ser o que era antes, ao discutir sobre quem iria ter o primeiro lugar no reino dos Céus. Falavam, na presença do Mestre, João e Pedro, defendendo cada um os seus direitos, enumerando seus predicados, ponderando

---

[3] Sotéia ou açotéia é arcaísmo e designava o terraço que se fazia sobre as torres.

a grandeza de seu amor por Jesus. Por fim, olvidados do Senhor, chegaram até a injuriar-se. Pedro arroxeara de cólera e sua voz troava; João, pálido e mais dono de si, tinha as mãos trêmulas e as palavras acres e mordazes.

A discussão tomava proporções ameaçadoras e o Mestre franzia as sobrancelhas, quando Pedro lançou um olhar penetrante a Judas, pondo-se a rir, calmo e satisfeito. João olhou também na mesma direção e sorriu por sua vez; lembravam-se ambos do que Judas havia dito da vitória e apressaram-se em tomá-lo por juiz:

— Dize, Judas! — exclamou Pedro! — Dize quem de nós será o primeiro ao lado de Jesus!

Judas não respondeu. Respirava com fadiga e os seus olhos interrogaram apaixonadamente os olhos azuis e serenos de Jesus.

— Sim — acrescentou João em tom de complacência. – Dize quem será o primeiro ao lado de Jesus.

Sem tirar o olhar dos olhos do Salvador, Judas levantou-se lentamente e respondeu com uma voz surda e grave:

— Eu!

Jesus baixou as pálpebras e Judas, batendo com o dedo ossudo no peito, repetiu sereno e triunfante:

— Eu! Eu serei o primeiro ao lado de Jesus!

E saiu.

Os apóstolos silenciaram diante de tamanha insolência. Rápido, como se uma idéia lhe assaltasse a memória esquecida, Pedro inclinou-se ao ouvido de Tomé, dizendo:

— Ah, isso é o que eu pensava... Entendes?

9

Naquele momento, Judas deu o primeiro passo decisivo para a traição. Às escondidas, sem ser visto por ninguém, encaminhou-se à casa de Anás, o sumo-sacerdote.

Receberam-no friamente, entretanto, sem se perturbar com essa acolhida, pediu uma audiência, que lhe foi dada. Só e na presença do sumo-sacerdote, que era um ancião seco a observá-lo com desdém, narrou que ele, Judas, era um piedoso israelita que se tornara discípulo do Nazareno com o único objetivo de confundir o impostor e pô-lo nas mãos das autoridades.

— Quem é esse Nazareno? — perguntou Anás, desdenhoso, como se ouvisse pela primeira vez aquele nome.

Judas fingiu acreditar na suposta ignorância do sacerdote e, com vários pormenores, descreveu as predicações do Mestre e seus milagres. O ódio que o Nazareno nutria contra os fariseus e o templo, as suas constantes violações da lei e, concluindo, as intenções que abrigava Jesus: arrancar o poder dos sacerdotes e criar um novo reino. Judas soube de tal modo mesclar com destreza a verdade e a mentira que Anás começou a considerá-lo com maior atenção e lhe disse em tom indolente:

— Há muitos impostores e insensatos na Judéia!

— Não como Ele! É um homem perigoso! — afirmou Judas com veemência. — Viola a lei! É preferível que um único homem pereça a sucumbir todo um povo!

Anás acrescentou com um gesto vago:

— Parece ter muitos discípulos...

— Muitos.

— E O amam?

— Sim. Pelo menos afirmam todos que O amam mais que a si mesmos.

— Então, se intentarmos apoderar-nos d'Ele, defendê-lo-ão? Não provocariam uma revolta?

Judas riu maliciosamente.

— Oh, não! São uns medrosos que correm quando alguém se abaixa para apanhar uma pedra.

— Verdade? — perguntou friamente o sumo-sacerdote. — São tão vis assim?

— Não é que sejam vis; ao contrário, mas os bons são os que correm para escapar dos maus. São homens de boa índole, e por isso fugirão e não voltarão até que tenham enterrado Jesus. Eles próprios O enterrarão; tu tens só de decretar a Sua morte.

— Mas O amam; tu mesmo o disseste.

— Os discípulos amam sempre o seu Mestre, mas amarão mais o Mestre morto do que o Mestre vivo. Se vivo, podes perguntar-lhes a lição e castigá-los se não a sabem; mas morto, eles mesmos se elegem novos Mestres e castigam os demais.

Anãs cravou-lhe o olhar penetrante e os lábios secos se contraíram num sorriso malévolo:

— Pelo que vejo te encontras ofendido.

— Nada se pode ocultar de ti, sábio pontífice! Lês no coração de Judas! Sim, ofenderam o pobre Judas; acusaram-no de haver roubado três dinheiros. Como se Judas não fosse o homem mais honrado de Israel!

Durante longo período falou de Jesus e de seus iniciados, e de sua nefasta influência sobre o povo. Entretanto, Anãs, prudente e astuto, nada prometia. Há muito tempo vigiava o Nazareno e os apóstolos, e a sorte de Jesus já estava selada nos conciliábulos secretos celebrados na casa de Anãs com seus partidários. O grande sacerdote não depositava confiança em Judas, a quem conhecia pela fama de embusteiro e depravado. Porém, não compartilhava da mesma fé na covardia dos iniciados, e receava que o povo se sublevasse em defesa de Jesus. Anãs estava seguro do seu poder, mas queria evitar qualquer derramamento de sangue. Sabia que os habitantes de Jerusalém eram indóceis, sujeitos a cóleras; temia, por fim, a intervenção brutal das autoridades romanas. As perseguições não serviam senão para aumentar o número de adeptos da nova seita e o sangue derramado para regar e fertilizar o terreno da nova doutrina. Quem sabe se com o tempo acabaria por afogar, de um só golpe, o próprio sumo-sacerdote e os seus fiéis?

Quando Judas compareceu à casa de Anãs pela segunda vez, este titubeou e optou por não recebê-lo. Judas insistiu e voltou pela terceira, pela quarta vez, constante e tenaz, como o vento que dia e noite investe contra a porta cerrada e sopra pelas frestas.

Finalmente, ao ser recebido pelo sumo-sacerdote, Judas disse-lhe:

— Percebo que tens medo de algo, sábio pontífice!

— Sou muito poderoso para temer algo! — replicou Anás com altivez.

Judas curvou as espáduas e estendeu as mãos.

— Vejamos. Que queres?

— Quero livrar-te do Nazareno.

— Não necessitamos disso.

Judas inclinou-se outra vez, olhando fixamente e com submissão para o orgulhoso interlocutor, que lhe ordenou severo:

— Vai-te.

— Mas voltarei, nobre senhor...

— Não te deixarão entrar. Vai-te!

Inúmeras vezes o Iscariotes voltou a bater à porta e o velho sacerdote consentiu novamente que entrasse. Já em sua presença, Anás examinava-o atentamente, em silêncio, num olhar irônico; dir-se-ia que contava os cabelos da cabeça disforme do traidor, que permanecia calado como se também contasse os pêlos da barba grisalha e rala do sumo-sacerdote.

— Ainda tu? — grunhiu num tom irritado e desdenhoso Anás.

— Quero entregar-te o Nazareno.

Os dois calaram-se e examinaram-se reciprocamente, minuciosamente. Enquanto Judas se mostrava tranqüilo, o sacerdote parecia agitado, dominado por uma cólera calada, seca e fria, como a gélida manhã de inverno.

— E quanto queres pelo teu Jesus?

— Quanto me darias?

— Todos são uns bisbilhoteiros! — replicou Anás num tom insultante, recalcando suas palavras com um prazer cruel. — Trinta moedas de prata. Eis o que podemos dar. — E riu ao ver

Judas agitar-se, mover-se com rapidez em seu assento, como se tivesse uma dezena de pernas.

— Por Jesus! Trinta moedas de prata! — exclamou estupefato o traidor. — Por Jesus de Nazaré? Queres comprar Jesus de Nazaré por trinta moedas de prata? E acreditas seriamente que se pode vender Jesus por trinta moedas de prata?

O traidor voltou-se vivamente, pondo-se a rir, estendendo os braços até a superfície branca e lisa da parede.

— Sim, trinta moedas — repetiu secamente Anás. — Trinta dinheiros por Jesus de Nazaré!...

Com a mesma alegria secreta, acrescentou demonstrando indiferença:

— Se não te bastam, vai-te. Encontraremos outro que nos venderá por mais barato!

E como trapeiros, que em meio a uma praça cheia de lodo disputam um trapo velho e gritando se insultam, assim os dois se puseram a discutir com aspereza, brutais. Judas, alucinado pelo entusiasmo, corria, dava voltas, chiava, enumerava, com os dedos os méritos d'Aquele a quem atraiçoava.

— E Sua bondade? E Seu dom de curar os enfermos? Isso não é nada? Responde-me com franqueza! Não vale nada?

O sumo-sacerdote queria responder, mas Judas não o deixava pronunciar um monossílabo sequer. Anás irritava-se, as faces tomavam cores.

— E Sua juventude? E Sua beleza? Porque é belo como o narciso de Saron, como o lírio-do-vale. Tudo isso não vale nada? Dize, dize... imaginas, talvez, que seja velho e não sirva mais para nada, que Judas te vende um galo velho! Vejamos!

— Sim, sim...

A voz de Anás era arrebatada pelos gritos de Judas como uma pena ao vento.

— Trinta dinheiros! Mas isso sequer dá um óbolo por uma gota de sangue! Sequer chega a meio óbolo por lágrima! Nem a um quarto de óbolo por gemido! E os gritos que lançará? E Sua agonia? E quando o coração cessar de bater e os olhos se cerrarem. Não têm valor?

Judas, enfurecido, avançou para o sumo-sacerdote, que parecia envolto num torvelinho de gestos e frases.

— Sim, trinta dinheiros ao todo! — concluiu Anás.

— Sem dúvida, obténs um polpudo lucro! Ah, é que queres explorar o pobre Judas e roubar o pão de seus filhos. Não e não! Não consentirei! Irei à praça pública e gritarei com todas as minhas forças: Socorro! Anás quer roubar o pobre Judas! Socorro!

— Vai-te! Vai-te!...

Mas logo Judas se deixou abater e os braços caíram desanimados.

— Bem! Não é necessário incomodar-se com o pobre Judas, que quer somente o pão para os filhos. Tu também tens filhos...

— Vai-te! Outro nos servirá.

— Que é isso? Eu não disse que não cederia! Sei que outro poderá trazer-te Jesus por quinze dinheiros, por dois óbolos, por um óbolo...

E inclinava-se cada vez mais obsequioso e vil, acrescentando, finalmente, que aceitava a suma proposta.

Com mão trêmula e seca, Anás contou e deu-lhe os trinta dinheiros. Imediatamente, afastou-se sem dizer palavra, enquanto Judas inspecionava as moedas, uma após outra, mordiscando-as para ver se eram boas. De vez em quando o sacerdote, de longe, lançava-lhe um olhar carregado de ira.

— Fabricam-se agora moedas falsas! — observou Judas.

— Esses dinheiros foram doados ao templo por mãos piedosas — replicou Anás, virando-se e oferecendo aos olhos de Judas a sua nuca calva e rosada.

— Sabem, porventura, as almas piedosas distinguir a moeda falsa da boa? Só os velhacos entendem disso!

Judas não levou para casa o dinheiro que acabara de receber; saiu da cidade e escondeu-o sob uma pedra. Feito isso, voltou a passo lentos, tal como um bicho que retorna após combate mortal, arrastando-se penosamente até a cova obscura.

Mas Judas não tinha cova, tinha uma casa, e naquela casa vivia também Jesus, Jesus cansado, enfraquecido, extenuado pela luta incessante contra os fariseus, cujas frontes brancas e lisas de homens instruídos o cercavam no templo como muralhas.

Jesus estava sentado, o rosto encostado à parede, e parecia dormir profundamente.

Pela janela aberta chegavam os rumores confusos da cidade. Pedro, martelando na construção de uma mesa, cantava uma canção da Galiléia. Jesus nada ouvia, continuava adormecido num sono repousante.

Era Ele que haviam comprado por trinta dinheiros!

Judas avançou sem ruído, com a terna solicitude de uma mãe que teme despertar o filho enfermo; e com o susto de uma fera saída da luta a quem uma flor branca e delicada toca de repente, roçou os sedosos cabelos do Mestre, retirando depressa a mão. Depois, apalpou-os de novo e saiu de mansinho, na ponta dos pés.

— Senhor! — murmurou. — Senhor!

Encaminhou-se à um aposento isolado, onde desatou a chorar longamente, arranhando o peito com as mãos. Acariciava cabelos imaginários e murmurava palavras ternas e suaves. Depois calou-se e ficou sufocado por dolorosa meditação. Com a cabeça pendente, tinha o aspecto de um desgraçado que teme ouvir os passos do inimigo. Permaneceu assim durante longo tempo, indiferente ao próprio destino.

10

Nos derradeiros momentos de sua existência, Jesus recebeu de Judas constantes provas de afeto delicado, de doce ternura, de amor silencioso. Adivinhava-Lhe os mais íntimos desejos e tal como uma jovem que ama pela primeira vez, tímida e pudica, penetrava nos mais profundos sentimentos do Mestre, em seus acessos de tristeza, desfalecimentos e fadiga.

Jesus deitava-se e mergulhava num sono suave; seu olhar podia errar por toda parte; só encontrava regalo para seus olhos. Judas não sentia amizade por Maria Madalena, nem pelas mulheres que rodeavam Jesus. Constantemente, procurava ofendê-las, perseguindo-as com brincadeiras grosseiras e impertinentes. Agora, tornara-se amigo delicado, divertido e fiel. Cheio de interesse, falava com elas das comovedoras atitudes do Mestre, fazendo-lhes incessantemente mil perguntas. Com aspecto de mistério, dava-lhes dinheiro para a compra de âmbar e mirra de elevado preço; e perfumes de que Jesus gostava e com os quais Lhe ungiam os pés.

Comprava vinho caríssimo, que se destinava ao Mestre e, quando via Pedro bebê-lo com a indiferença de um homem a quem o que importa é a quantidade, encolerizava-se. Em Jerusalém, pedregosa, onde quase não existiam plantas e flores, Judas buscava, não se sabe como, florzinhas primaveris, finas gramíneas, que mandava às mãos do Mestre através das mulheres. Pela primeira vez em sua vida, tomava nos braços as criancinhas que se encontravam no pátio ou nas ruas, e as beijava, embora contra a vontade, para que não chorassem, levando-as para Jesus. Sucedia, por vezes, que um menino, de nariz sujo e cabelos arrepiados, subia no colo do Mestre pensativo, pedindo-Lhe beijos e carícias. Então, enquanto os dois permaneciam juntos, Judas, um pouco afastado, passeava com ares de um carcereiro severo que, na primavera, houvesse deixado entrar uma borboleta na cela de um preso e fingisse grunhir contra a intrusa.

À noite, quando com as sombras vinha a inquietude de montar guarda sob as janelas, Judas fazia recair a conversação sobre a Galiléia, com seus rios aprazíveis e seus prados esverdeados, os quais não conhecia, mas eram gratos ao coração de Jesus. E revivia o passado, fazendo despertar em Pedro recordações adormecidas, conduzindo-o a evocar os quadros familiares e pitorescos da doce existência na Galiléia.

Jesus ouvia as palavras alegres, impetuosas e sonoras de Pedro com apaixonada atenção, entreabrindo a boca, como um menino. Seus olhos sorriam, obrigando o narrador a parar por um instante. João falava melhor que Pedro; não dizia nada divertido, nem inesperado; nele tudo era sugestivo, extraordinário e tão maravilhoso, que assomavam lágrimas aos olhos de Jesus. Judas cutucava Maria Madalena, murmurando:

— Como sabe falar! Ouves?
— Sim. Ouço-o.
— Escuta melhor! As mulheres não sabem ouvir...

Depois todos iam dormir. Jesus beijava João com terno agradecimento e pousava a mão no ombro de Pedro. Judas assistia a tais cenas sem sentir ciúmes; estava cheio de um indulgente desdém. Aquelas histórias, aqueles beijos e aqueles suspiros não tinham nada de importante em comparação com o que sabia ele, Judas Iscariotes, o horrível Judas de pêlos ruivos, crescidos como uma erva daninha entre as pedras.

11

Se, por um lado, Judas entregava Jesus, por outro tentava fazer malograr os seus próprios planos. Não intentou, como as mulheres, persuadir o Mestre a empreender a sua última e perigosa peregrinação a Jerusalém, porque os parentes de Jesus e os discípulos julgavam indispensável a conquista da capital para o completo triunfo da causa. Mas insistia tenazmente nos perigos que sugiam diante do Mestre, pintava de cores vivas o ódio dos fariseus pelo Senhor, ódio que lhes sugeria, provavelmente, a idéia de matá-Lo em público ou secretamente[4].

Todos os dias, a todas as horas, falava d'Ele aos discípulos e, ameaçando com o dedo, em tom áspero, dizia:

— Temos de velar por Jesus! Temos de velar por Jesus! Quando chegar a hora, teremos de defendê-Lo!

Os discípulos, confiando demasiadamente no poder maravilhoso do Mestre, ou por terem absoluta fé no triunfo final da causa, ou simplesmente por inocência, certo é que ouviam as advertências de Judas com um sorriso incrédulo, e os conselhos incessantes acabaram por provocar murmúrios de desagrado entre eles. Quando Judas surgiu trazendo duas espadas, que havia encontrado não se sabe onde, só Pedro se desfez em pilhéria. Os demais exclamaram, desgostosos:

— Não somos guerreiros para carregar armas! Jesus não é chefe de nenhum exército, mas um profeta!

— E se tentarem matá-Lo?

— Não se atreverão, quando virem que o povo O segue.

— E se se atreverem? Que poderá ocorrer?

João replicou num tom de desdém:

— Não me parece que só tu amas o Mestre!

---

[4] Os fariseus constituíam, no tempo de Jesus, uma seita de judeus que simulava grande santidade. Após o regresso do povo judaico, dois partidos formaram-se no seio do povo: os *çadoukim* (justos) e os *hassidim* (devotos). Os primeiros contentavam-se com a observação da lei; os segundos ajuntavam-lhe o fervor, e como se esforçavam para evitar todo e qualquer contato com os pagãos, receberam o cognome de *separados*. Na época em que se desenrolam os acontecimentos narrados neste livro de Leonid Andreiév, os saduceus dominavam no *sanhedrin* e entre os sacerdotes. Os saduceus eram adversários dos fariseus, muito ligados ao sentido liberal da lei, repudiando a maior parte das tradições orais e não acreditando, nem na ressurreição dos mortos, nem na vida futura. Geralmente, tinham grande simpatia pelo helenismo. Em política, gostavam mais de negociar com o estrangeiro do que de o combater. O que sobretudo desejavam era o gozo pacífico das suas riquezas. Recrutavam-se, com efeito, entre a classe mais opulenta e contavam nas suas filas os principais dignitários do sacerdócio. Os fariseus, influentes sobre o povo, eram recrutados, sobretudo, entre os escribas e os doutores. (N. do T.)

Judas, teimoso e desconfiado, mas sem se mostrar ofendido, perguntou com vivacidade:

— Mas vós O amais, não é verdade?

E a cada adepto que chegava para ver Jesus, fazia-lhe obstinada e idêntica pergunta:

— Tu O amas? Tu O adoras de todo coração?

E todos afirmavam com veemência seu amor. Judas conversava constantemente com Tomé e, levantando seu dedo seco e ossudo, de unhas enegrecidas e longas, advertia-o misteriosamente:

— Tem cuidado, Tomé. Vão chegar as horas dolorosas! Estás disposto? Por que não tomaste a espada que te trouxe?

O apóstolo dava explicações judiciosas:

— Não estamos habituados a manejar armas. Se nos batêssemos com os soldados romanos, seríamos derrotados: além disso, não nos trouxeste mais do que duas espadas. Que se pode fazer com duas espadas?

— Poderíamos encontrar outras. Poderíamos tirar dos soldados — respondeu Judas, colérico.

E o grave Tomé sorriu por sua vez:

— Ah! Judas! As que trouxeste naturalmente foram roubadas dos soldados romanos.

— Sim, roubei-as. Poderia ter roubado outras, mas alguém gritou e tive de correr.

Tomé refletiu e exclamou num acento triste:

— Estás em mau caminho, Judas! Por que roubas?

— Porque não existe teu, nem meu...

— Sim. Mas se amanhã perguntarem aos soldados onde estão suas armas, eles serão punidos.

Mais adiante, depois da morte de Jesus, os discípulos recordaram as palavras de Judas e acreditaram que abrigava o plano de atirá-los ao combate desigual para que perecessem. E maldisseram o nome de Judas Iscariotes, o traidor.

Após cada uma dessas conversações, Judas, irritado, ia lamentar-se com as mulheres, que o ouviam prazerosamente. O que havia de terno e feminino no amor de Judas por Jesus, fazia-o compreensível e mesmo simpático aos olhos delas. Iscariotes permanecia ao lado de todas, desdenhoso e reservado.

— Não são homens! — gemia com amargura ao falar dos discípulos, e o olho cego e imóvel pousava confiante em Maria Madalena. — Não são homens! Não possuem sangue nas veias, nem sequer o valor de um óbolo!

— Estás sempre falando mal! — disse Maria Madalena.

— Eu? — replicou Judas com estranheza. — Quando já falei mal de alguém? E ainda que haja falado... E que não mereçam. Oh! Maria, Maria, lastimo que tu não sejas um homem e não possas empunhar a espada.

— Pesa muito, seria impossível levantá-la — objetou Maria, sorrindo.

— Pois levantá-la-ás, já que os homens são tão covardes... Dize. Entregaste a Jesus o lírio que encontrei na montanha? Levantei-me cedo para apanhá-lo e hoje o sol queimava muito. Ficou satisfeito? Sorriu?

— Sim, ficou satisfeito. Disse que aquele lírio lhe recordava os perfumes de sua Galiléia.

— Mas não disseste que era Judas, Judas Iscariotes quem o havia trazido!

— Suplicaste-me que não revelasse quem mandou.

— Fizeste bem. Não, não era para dizê-lo — suspirou Judas. — Contudo, poderias descuidar-te e dizê-lo; as mulheres, às vezes, são muito faladoras... É verdade que nada transpirou? Bem, Maria, és uma boa mulher. Já sabes que eu também tenho uma mulher! Gostaria de vê-la agora; quiçá ela não seja mulher má. Não sei. Sempre dizia que eu era ruim e falso. Por isso deixei-a. Mas talvez ela seja uma boa criatura. Que dizes?

— Que posso dizer? Jamais a vi.

— Bem, bem, Maria... Dize-me: trinta dinheiros é muito pouco?

— Não é uma grande soma.

— Assim o creio. Por quanto te vendias, quando eras rameira? Cinco dinheiros? Dez?

Maria Madalena enrubesceu, baixou a cabeça e seu formoso cabelo cobriu-lhe o rosto, deixando descoberto apenas o queixo branco graciosamente oval.

— Judas, és perverso! Eu quero esquecer o passado e tu o recordas constantemente!

— Não, Maria Madalena, não deves esquecer o que foste. Para quê? Que os outros esqueçam o que foste está bem, mas tu deves recordá-lo sempre. Aos outros incumbe esquecer, a ti não. Para quê?

— Fui uma pecadora!

— Aquele que não cometeu crime é quem deve ter medo. Mas aquele que já o perpetrou, que tem a temer? É o morto que receia a morte ou o vivo? Os mortos mofam dos vivos e de seu terror.

Assim passavam amigavelmente horas seguidas. Judas, seco e repugnante, a cabeça disforme, o rosto horrível, e Maria Madalena, jovem, tímida, suave e terna, enfeitiçada pela vida como por um belo sonho, por um conto de fadas...

12

O tempo transcorria impassível. Os trinta dinheiros estavam escondidos sob uma pedra e a hora da traição aproximava-se, implacável.

Jesus já havia entrado em Jerusalém montado num jumento, e o povo o recebeu com gritos de alegria e de júbilo.

— Hosana! Hosana! Bem-vindo o que chega em nome do Senhor![5]

O entusiasmo e o amor foram tão elevados que Jesus chorou, e os discípulos diziam, orgulhosos:

— Não é filho de Deus aquele que não estiver conosco!

E, exaltados, clamavam:

— Hosana! Hosana! Bem-vindo o que chega em nome do Senhor!

Naquela noite, separaram-se muito tarde; cada qual comentava de modo alegre e solene a acolhida que Jerusalém dispensara ao Mestre. Pedro agitava-se como um louco: parecia possuído pelo demônio do contentamento e do orgulho, e seus rugidos de leão abafavam as vozes alheias. Ria e seu riso caía sobre as cabeças dos demais como grossos pingos de chuva. Abraçava João, Tiago e mesmo Judas; confessava com franqueza o seu receio por Jesus, mas agora já nada temia, porque havia visto o amor que o povo professava pelo Mestre.

Judas estava estupefato. Seu olho vivo revirava sem cessar. Ele ora ouvia, ora mergulhava em profundas reflexões. Chamou Tomé de lado e, cravando na parede o olhar agudo, perguntou-lhe com voz rouca de perplexidade, de medo e de vaga esperança:

— Ouve, Tomé, e se Ele tivesse razão? E se na realidade Ele tivesse sob seus pés uma rocha firme e eu areia, somente areia sob os meus? Que sucederia?

— Que queres dizer com isso?

— Pergunto-lhe que seria então de Judas Iscariotes? Se para que a verdade triunfasse eu fosse obrigado a me afogar. Quem enganou Judas? Quem enganou Judas? Quem?

---

[5] Hosana, termo siríaco, feito do imperfeito do verbo hebraico *hoschia*, salvou, e de *nâ*, partícula depreciativa, isto é, suplicante. Assim, hosana significa: salvai, peço-vos! Significa, também, oração que os israelitas recitam no quarto dia da festa dos Tabernáculos, que comemorava o fim das colheitas e durava sete dias, período em que era proibido qualquer trabalho. Hosana é um hino que se canta no dia de Ramos. Também se usa essa palavra como aclamação, vivas em honra de alguém. (N. do T.)

— Não estou entendendo nada, Judas. É tão misterioso o que me dizes! Quem engana Judas? Quem tem razão?

E Judas, inclinando a cabeça, repetiu como se fosse um eco:

— Quem engana Judas? Quem tem razão?

No dia seguinte, as mesmas perguntas:

— Quem engana Judas? Quem tem razão?

E ao pronunciar isso levantava a mão, dobrando para trás o dedo polegar, segundo seu costume.

Tomé pesquisava o olhar de Judas e lia nele as mesmas perguntas enigmáticas. Mas o seu assombro redobrou quando, de repente, ouviu em plena noite a voz forte de Judas, que dizia:

— Então Judas Iscariotes já não existirá! Tampouco Jesus existirá! Ficará só... Tomé, estúpido Tomé! Nunca tiveste o desejo de tomar a terra, levantá-la e depois atirá-la?

— Quanto absurdo estás dizendo! Isso é impossível!

— Não é impossível — afirmou o outro, convicto. — E no dia menos esperado, quando tu, néscio Tomé, estiveres dormindo, nós a levantaremos. Não tenhas medo, Tomé. É uma pilhéria. Dorme. É divertido vê-lo dormir; o nariz funga como uma flauta galiléia.

Mas os crentes, dispersos pelo coração de Jerusalém, haviam se ocultado em suas casas, por trás das paredes, e os rostos dos transeuntes apagavam-se. Vagos rumores de incerteza surgiam, flutuavam, insinuando-se. Pedro, entristecido, exercitava-se no manejo da espada que Judas lhe oferecera. E o rosto do Mestre tomava um aspecto cada vez mais triste, cada vez mais severo. O tempo voava e o dia da traição surgia, implacável. A hora da última ceia soou; a atmosfera estava carregada de tristeza e de vago terror. Já se ouviam as palavras indecisas que Jesus pronunciara sobre aquele que ia atraiçoá-Lo.

— Sabes quem O trairá? — perguntou Tomé, dirigindo-se a Judas, com seus olhos francos e claros, quase transparentes.

— Claro que sei — respondeu Judas, resoluto e rude. — Tu, Tomé. Serás tu aquele que O entregará. Mas nem Ele próprio crê no que diz. Todavia, é tempo. Por que não chama Jesus para o Seu lado o forte e formoso Judas?

Faltavam apenas algumas horas, que corriam céleres e implacáveis.

A calma descia sobre a Terra; longas sombras estendiam-se pelo chão, anunciando a noite iminente, na qual devia desenrolar-se a grande tragédia.

De repente, ouviu-se uma voz triste e rude:

— Sabes aonde vou, Senhor? Vou entregar-Te nas mãos de Teus inimigos!

Um silêncio profundo envolveu a paz do anoitecer e o mistério das sombras fixas como lágrimas negras.

— Não respondes, Senhor? Ordenas que vá?

Como resposta, fez-se um silêncio ainda mais profundo.

— Permite que eu fique! Acaso não podes? Ou não Te atreves? Ou é que não queres?

E o silêncio continuou, um silêncio vasto e profundo como o olhar da eternidade.

— E sem dúvida sabes que Te amo. Tu sabes tudo. Por que olhas Judas desse modo? Grande é o mistério de Teus olhos, mas o meu é menos profundo? Dize-me para que fique. Por que silencias sempre, Senhor? Procurei-Te na angústia e na dor. Procurei-Te e achei-Te. Salva-me! Livra-me de mim mesmo! Tira-me este encargo, mais pesado que uma montanha. Não ouves como ruge o peito de Judas Iscariotes sob esse peso?

E um derradeiro silêncio foi feito, imenso, como o último olhar da eternidade.

— Vou entregar-Te.

A paz do anoitecer não se turvou com essa mancha, o vento não gemeu entre a folhagem, as fontes não soluçaram, nem a terra fria gemeu, tão débil e atenuado era o rumor daqueles passos que se distanciavam. Desvaneceram-se e tudo silenciou. E o crepúsculo pareceu sumir-se em profundo sonho, tragado pelas sombras. Nisto a terra suspirou com o rumor desolado das folhas agitadas; suspirou mais uma vez e imobilizou-se à espera da noite.

Outras vozes soaram e entrechocaram-se; dir-se-ia que acabava de abrir-se um saco cheio de vozes e que estas, como pedras, caíam sobre o solo, uma a uma, duas a duas, e por fim, aos montes. Eram os discípulos que falavam. E a voz poderosa de Pedro tragava as palavras dos outros, chocando-se contra as árvores, contra as paredes, para cair novamente na terra. Pedro jurava que nunca abandonaria o Mestre.

— Senhor — dizia com angústia —, Senhor, estou disposto a ir para a prisão contigo e até sofrer a pena de morte ao Teu lado.

E a resposta implacável chegou, surda como um eco debilitado dos passos, que se distanciavam.

— Em verdade te digo, Pedro, que, antes de o galo cantar esta noite, tu Me negarás três vezes.

13

A lua surgia quando Jesus resolveu ir ao Monte das Oliveiras, onde passaria suas últimas noites. Como tardasse, sem que se soubesse por que, os discípulos, prontos, apressaram-No. Então, de repente, Ele lhes disse:

— Aquele que tem uma bolsa a tome, aquele que tem um saco o tome, também; aquele que não tem espada, venda seu hábito e a compre... Porque eu vos digo, é preciso que em Mim se cumpra a palavra que está escrita: "Ele faz parte do número dos malfeitores!"

Os apóstolos perturbados e assustados entreolharam-se. E Pedro se pronunciou:

— Mestre, tens aqui duas espadas!
Jesus examinou-as, baixou a cabeça e murmurou:
— Bastam.

Nas estreitas ruelas, o menor movimento despertava um eco sonoro e os discípulos tinham medo de seus próprios passos. Suas sombras desenhavam-se nas paredes brancas, iluminadas pela lua, infundindo-lhes secreta apreensão.

Assim, cruzaram silenciosos Jerusalém adormecida. Franqueadas as portas da cidade, enveredaram pelo desfiladeiro estreito povoado de trevas imóveis e misteriosas, e divisaram a torrente de Cedron. Agora, tudo os assustava: o suave murmúrio das águas, deslizando entre as pedras, impressionava-os como vozes de pessoas desconhecidas, que se acercavam sorrateiramente; as sombras fantásticas dos penhascos e das árvores, que ladeavam o caminho, enchiam-nos de terror e até a tranquilidade noturna os espantava, dando-lhes a sensação de que tudo se movia.

Mas à medida que subiam e se aproximavam do jardim de Gethsêmani, onde haviam passado muitas noites agradáveis e silenciosas, sentiam-se mais animados. Lançando de vez em quando um olhar a Jerusalém, toda branca sob a claridade lunar, falavam do medo que haviam sentido antes; e os que caminhavam na retaguarda ouviam, de intervalo a intervalo, uma voz que se destacava nítida. Era Jesus, predizendo que todos O abandonariam.

Os apóstolos detiveram-se ao chegar ao jardim. Propuseram dormir ali. Sempre conversando à meia voz, estenderam os mantos no chão, sobre o tapete translúcido do luar e das sombras. Jesus, atormentado pela inquietação, chamou os seus quatro discípulos prediletos e caminhou com eles para o fundo do horto. Ali sentaram-se no solo ainda morno do ardor do sol.

Enquanto o Mestre silenciava, Pedro e João trocavam, com indolência, vagas palavras, quase sem sentido e desprovidas de interesse. Bocejando de cansaço, falavam da frescura noturna, da carestia da carne em Jerusalém, da escassez do pescado. Tentaram avaliar o número de peregrinos reunidos na cidade para as festas. Pedro, arrastando as palavras, bocejando com ruído, afirmava que havia vinte mil, enquanto João e seu irmão Tiago sustentavam que não seriam mais que dez mil. De repente, Jesus levantou-se:

— Minha alma está povoada de uma angústia mortal — disse. — Ficai e velai.

E, com passo rápido, afastou-se sob a folhagem e desapareceu na penumbra.

— Aonde vai? — perguntou João.

Pedro voltou a cabeça na direção de Jesus e respondeu, cansado:

— Não sei.

Tornou a bocejar, sentou-se no chão e calou-se. Os demais o imitaram e o sono pesado, causado pela fadiga, invadiu-lhes os corpos. Através de um sonho profundo, Pedro discerniu vagamente uma forma branca que se inclinava sobre ele; ouviu uma voz que morreu sem deixar impressão em sua consciência obscurecida:

— Dormes, Simão?

Novamente adormeceu e outra vez a voz doce roçou-lhe os ouvidos e apagou-se sem deixar eco:

— Não pudeste velar uma hora comigo?

— Ai, Senhor! Se soubesses que sono tenho! — pensou, despertando e acreditando que havia pronunciado essas palavras em voz alta.

Tornou a adormecer; teve a sensação de que havia transcorrido muitas horas, quando, de repente, a silhueta branca de Jesus se perfilou ao seu lado e uma voz forte e penetrante despertou-o do sono e aos demais apóstolos:

— Dormis e repousais? Tudo terminou. O Filho do Homem vai ser entregue às mãos dos pecadores.

Os discípulos levantaram-se e recolheram as capas com gestos entorpecidos; tremiam de frio.

Na distância, por trás de umas árvores iluminadas pela claridade fugitiva dos archotes, distinguiu-se um grupo de soldados e servidores do templo. Precedia-os um rumor de passos, choques de armas e o afiar das ramagens.

Pelo lado oposto, acudiram os discípulos trêmulos; estavam estremunhados e assustados, e sem compreender ainda do que se tratava, perguntavam:

— Que há? Quem são essas pessoas?

Tomé mostrava-se pálido como um cadáver; seu bigode caía de lado; seus dentes castanholavam furiosamente; disse a Pedro:

— Vieram buscar-nos?

Os soldados cercaram-nos e a luz fumegante dos archotes parecia rechaçar não se sabe para onde a doce claridade lunar. À frente dos soldados encontrava-se Judas Iscariotes. Caminhava com passo rápido e procurava Jesus com o olhar fulgurante e agudo. Descobriu-O, e após contemplar por alguns segundos a figura fina e esbelta do Mestre, cochichou aos servidores do templo:

— Aquele a quem eu beijar é Ele. Apoderem-se de sua pessoa e levem-na, mas com cuidado. Com cuidado, ouviram?

Logo, acercou-se de Jesus, que o esperava em silêncio, embebeu o olhar afiado e frio como um punhal nos olhos tranqüilos e brandos do Nazareno.

— Eu Te saúdo, Mestre! — disse alto, dando um sentido estranho e ameaçador a essa fórmula habitual de saudação.

Jesus silenciou. Os discípulos olhavam horrorizados o traidor; não compreendiam como podia haver tanta maldade numa alma humana.

Iscariotes lançou rápido olhar ao grupo desordenado dos discípulos; sentiu que a turvação deles se transformava em medo; observou-lhes a palidez dos rostos, os sorrisos inexpressivos, os movimentos frouxos dos braços; observou tudo isso e uma angústia mortal, idêntica à que Jesus acabava de sentir, gelou o coração do traidor. Alargando-se como um feixe de cordas vibráteis e soluçantes, precipitou-se Iscariotes para Jesus e beijou ternamente sua face imóvel. E aquele beijo foi tão suave, tão terno, tão cheio de angústia e de amor doloroso, que se Jesus fosse uma flor sutil em equilíbrio sobre seu galho frágil, tal contato não a teria transtornado e as gotas de orvalho permaneceriam na urna de gaze de suas pétalas.

— Judas! — exclamou o Mestre, e seu olhar flamejante como um relâmpago alumiou a terrível montanha de trevas que era a alma de Iscariotes, mas sem sondar o fundo. — Judas! Então, é com um beijo que entregas o Filho do Homem?

E viu que o monstruoso caos oscilava e se movia. Judas Iscariotes permaneceu silencioso e austero como a morte em sua altiva e fria majestade, enquanto no mais profundo de seu ser tudo gemia, trovejava, rugia, estalava em milhares de vozes impetuosas e inflamadas.

— Sim! Com um beijo de amor Te entrego! Com um beijo de amor O entregamos ao opróbrio, à tortura, à morte. Com a voz do amor chamamos os verdugos, ocultos em suas sombras, e levantamos a cruz para Ti!

Com a irresolução brutal da força armada, com a torpeza dos que executam uma ordem sem conhecer a finalidade exata de sua ação, os soldados apoderaram-se do Nazareno e O arrastaram. Os discípulos, como carneiros assustados, haviam se reunido num rebanho extático, sem opor-se com violência àquele golpe de força que entorpecia todo mundo e os entorpecia a si próprios. Poucos se atreviam a caminhar ou a agir espontaneamente, sem aconselhar-se com os demais. Pedro, entre apertões, forcejava por tirar a espada da bainha — dir-se-ia que todas as forças lhe fugiam. Com um golpe pesado e canhestro, deixou-a cair sobre a cabeça de um dos servidores do templo. Contudo, não lhe causou nenhum dano. Jesus, que observava a cena, ordenou a Simão que largasse a espada inútil; esta caiu ao solo, e compreendia-se que havia perdido por completo todo o poder de ferir ou matar, e que a ninguém interessava recolhê-la. Esqueceram-na e pisaram-na; uns meninos, após muito tempo, encontraram-na no mesmo jardim e a apanharam para brincar.

Os soldados dispersaram os discípulos, mas estes, sem ver nem ouvir nada, reuniram-se de novo ao redor do grupo, cujo centro era Jesus. Persistiram nessa atitude equívoca até que se apoderou dos soldados uma ira incontida. Um deles dirigiu-se a João com as sobrancelhas franzidas; outro, sacudindo bruscamente o ombro no qual assentara a mão de Tomé, encarou os olhos francos e transparentes do apóstolo, que tratava de persuadi-lo não se sabe de quê. João fugiu. Tomé, Tiago e os demais abandonaram Jesus. Perdendo suas mantas, tropeçando nas pedras, levantando-se, correram para a montanha acossados pelo medo; e no silêncio da noite lunar, a terra tremia sob seus pés fugitivos.

Um desconhecido que, sem dúvida, acabava de deixar o leito, pois apenas o envolvia uma coberta, mesclou-se na agitada curiosidade dos soldados e dos seus asseclas. Mas quando o quiseram segurar pela coberta, deu um grito de pavor e fugiu, deixando o pano nas mãos dos perseguidores. E correu nu, aos saltos desordenados, e seu corpo branco tornava-se estranho à claridade do luar.

14

Quando levaram Jesus, Pedro, que se havia ocultado por trás das árvores, saiu de seu esconderijo e seguiu o Mestre a distância. Diante dele surgiu um homem, que ia silencioso, e pensando que era João, chamou-o:

— És tu, João?

— És tu, Pedro? — respondeu o interrogado, e Simão nessa voz reconheceu a do traidor. — Por que não fugiste com os outros?

O apóstolo parou e ordenou com asco:
— Afasta-te de mim, Satanás!
Judas pôs-se a rir e, sem fazer caso do discípulo, foi até onde estavam brilhando os archotes fumegantes e onde o tinir das armas se misturava com o ruído rítmico dos passos. Pedro seguiu-o com precaução até a casa do Pontífice, em cujo pátio penetraram quase ao mesmo tempo, mesclando-se com os criados, que se esquentavam ao redor dos braseiros. Iscariotes, aproximando as mãos ossudas do fogo, ouviu Pedro dizer em voz alta:
— Eu não O conheço!
Insistiram, afirmando que ele era um dos discípulos de Jesus, ao que Pedro repetiu em tom mais forte:
— Não, não sei o que dizeis!
Sem se voltar, Judas sorriu e, movendo a cabeça, murmurou:
— Muito bem, Pedro. Não cedas a ninguém o teu lugar ao lado de Jesus!
O apóstolo, sem ser visto por Judas, saiu espantado do pátio, para não mais voltar. E desde aquela noite até a morte de Jesus, Judas observou que nenhum dos discípulos voltara ao lado do Mestre. E no meio da multidão estavam os dois, inseparáveis até a morte, unidos pela dor: Aquele que fora levado ao opróbrio e à tortura e aquele que O entregara. Como dois irmãos, o traído e o traidor bebiam do mesmo cálice de amargura o líquido de fogo que queimava igualmente os lábios puros de um e os lábios impuros do outro.
Os olhos de Iscariotes fixaram-se na chama do braseiro e ele sentiu nas pupilas aquele ardor; estendia ao fogo as mãos secas e, em meio a grotescas formas, que, ao resvalar por seus braços e pernas produziam a alternativa trêmula de sombras e luzes, Judas, com voz rouca, queixava-se:
— Como faz frio, meu Deus, que frio!
Em seguida, Judas ouviu uma explosão de gritos, de risos e de vozes sarcásticas, na qual transparecia o eco de uma maldade: açoitavam um corpo nu. Voltou-se e seus ossos como todo

o corpo sentiram também uma dor aguda; estavam vergastando Jesus!

— Ah!

Viu os soldados levarem o Mestre ao corpo da guarda. A noite passava; as fogueiras extenuavam-se e cobriam-se de cinzas, e os gritos surdos e os risos injuriosos continuavam a partir do local, onde haviam recolhido o Nazareno.

Açoitavam-n'O. Iscariotes, enlouquecido, percorria o pátio deserto; súbito, interrompeu a marcha, ergueu a cabeça e começou a correr, tropeçando nos braseiros e nas pedras. Depois apegou-se à parede do corpo da guarda, vasculhou com o seu olho trapaceiro as fendas da porta, procurando ver o que se passava no interior. Era uma peça estreita e úmida, suja como todos os corpos de guarda, com o chão e as paredes manchadas de escarros. Judas viu Aquele a quem açoitavam. Batiam-Lhe no rosto e na cabeça; lançavam-n'O de um canto a outro, como se fosse um fardo insensível; como não gritasse nem resistisse, a quem O observasse com atenção alguns minutos não lhe pareceria um ser vivo, mas um boneco sem vida, sem ossos e sem sangue. Às vezes, o boneco dobrava-se e, quando tombava de cabeça no chão, não dava a idéia do baque de um corpo duro, mas de um contato brando e inofensivo. E ao contemplar aquilo durante longo tempo, tinha-se a impressão de uma brincadeira estranha e prolongada; às vezes, a ilusão era completa. Após um golpe violento, o homem ou boneco desfalecia, descrevendo curva regular sobre os joelhos de um soldado, sentado num canto do cômodo; este, por sua vez, atirava o boneco que, girando, caía sobre os joelhos de outro soldado. Todos riam, ruidosamente, e Judas gesticulava como se poderosa mão de ferro lhe abrisse com força a boca.

A noite passava e os archotes consumiam-se em cinzas. Iscariotes afastou-se da parede e foi lentamente até um dos braseiros; viu alguns carvões acesos, amontoou-os, e como ainda sentisse frio, estendeu as mãos trêmulas. E murmurou com desespero:

— Ah! Isso é horrível! Que pena sinto! Meu filho, meu querido filho, que pena, que pena sinto de tudo isso!

Aproximou-se da janela, que brilhava como uma mancha amarela e tênue através de uma grade de varetas úmidas, e outra vez pôs-se a ver castigarem o Mestre. Ao acaso de uma queda, as feições desfiguradas e os cabelos desgrenhados de Jesus apareceram sob as vistas de Judas. Uma mão mergulhou naqueles cabelos e fez vacilar o Homem, esfregando seu rosto no assoalho cheio de escarros.

Em frente à janela, um soldado dormia e pela boca entreaberta viam-se os dentes alvos e brilhantes; uma espádua larga, finalizando por um pescoço desnudo, pôs-se diante das frestas e Judas nada mais viu. Subitamente, o silêncio dominou tudo.

— Que há? Por que se calam? Terão entendido?...

Em um segundo, a cabeça de Judas povoou-se de rumores, de rugidos e de mil pensamentos furiosos. Teriam adivinhado? Teriam compreendido que tinham ali, diante deles, o melhor Homem da Terra? Era uma coisa evidente, tão fácil de prever! Que sucedia, agora, no corpo da guarda? Os soldados estariam porventura ajoelhados diante de Jesus, chorando docemente e beijando-Lhe os pés? Jesus ia sair e os seus perseguidores se arrastariam submissos e com devoção? Viria Ele até Judas, triunfante, dono da verdade, herói de Deus?...

— Quem é que engana Judas? Quem é que tem razão?

Mas, não! O ruído tumultuoso recomeçava. Batiam novamente em Jesus. Não tinham compreendido, não tinham adivinhado; batiam-Lhe com mais força, com maior encarniçamento. Os braseiros consumiram-se, cobrindo-se de cinzas; e a fumaça desprendida era transparente e azul como o ar. Amanhecia.

— Que é o dia? — monologou Judas.

Tudo se inflamou, tudo brilhou como rejuvenescido e a fumaça não era azul, mas rósea. O sol surgia.

— Que é o sol? — perguntou Judas a si próprio.

15

Apontavam o dedo a Judas, com rancor e ódio:

— Vede; ali está Judas, o traidor!

Era o início do infame qualificativo que o perseguiria para sempre. Os séculos passariam, os povos suceder-se-iam aos povos, mas as palavras pronunciadas com espanto e reprovação pelos bons e pelos maus continuarão ressoando sob o céu:

— Judas, o traidor! Judas, o traidor!...

Ele ouvia com indiferença tudo o que se dizia a seu respeito; uma curiosidade ardente e dominante devorava-o. Logo de manhã, quando levaram do corpo da guarda o Nazareno açoitado, Iscariotes seguiu-O, e algo estranho nele se dava, pois não sentia ansiedade, nem dor, nem alegria, mas um desejo atroz de ouvi-Lo e vê-Lo. Não dormira a noite toda e sentia os membros lassos. E quando obstruíam a passagem, ele abria caminho com o cotovelo e surgia no primeiro plano, para não perder uma única palavra do interrogatório de Jesus por Caifás[6]. Escutava-o com uma mão ao ouvido e, de vez em quando, meneava a cabeça com aprovação e dizia:

— Muito bem! Muito bem! Ouves, Jesus?

Mas ele não era livre; era uma mosca atada a um cordel, que zumbia e revoava aqui e ali e, no entanto, não podia abandonar o fio que a prendia. Pensamentos tétricos como pedras

---

[6] Sumo-sacerdote e soberano sacrificador dos judeus durante o processo de Cristo e de seus discípulos. Era saduceu. Foi o mais ardente inimigo de Jesus. Na assembléia do sinédrio exclamou que era bom que um homem morresse pelo povo. Presidiu a sessão do sinédrio na qual foi resolvida a morte de Jesus. Foi ele quem interrogou o Mestre e acusou-o de blasfemar. Depois da morte de Jesus, continuou a perseguição aos seus discípulos e aconselhou contra eles medidas de rigor. Foi demitido por Vitélio, governador da Síria, no ano 36 de nossa era, pouco depois da morte do Nazareno. Foi substituído por Teófilo, filho de Hanan. Ignoram-se a data e as circunstâncias da morte de Caifás.

esmagavam-lhe a nuca. Parecia ignorar o que eram esses pensamentos; não queria atendê-los, mas sentia-os sem tréguas. E por vezes punham-se a machucá-lo com todo seu peso. Era como se a abóbada rochosa de uma caverna fosse desabar lentamente sobre a sua cabeça. Levava a mão ao peito, esforçava-se por mover-se, como transido de frio, e apressava-se em olhar para fora, sem poder fixar os olhos em nenhuma parte. Quando Jesus saiu da casa de Caifás, Iscariotes, que se encontrava bem perto, cruzou Seu olhar cansado e, sem se dar conta, saudou-O, movendo amigavelmente a cabeça repetidas vezes.

— Estou aqui, meu filho, estou aqui! — murmurou precipitadamente, e empurrou com força um homem que atravancava o caminho.

Agora, a população alvoroçada dirigia-se para a casa de Pilatos, onde se celebrava o último interrogatório e o julgamento. Judas examinava com curiosidade insuportável o rosto dos populares, que acorriam de toda parte. Muitos eram desconhecidos do Iscariotes; nunca os tinha visto, mas percebia que muitos gritavam: "Hosana! Hosana!" à passagem de Jesus, e o seu número aumentava a cada passo.

— É assim! É assim! — pensou Judas. De repente, sentiu uma vertigem como se tivesse bebido vinho. — Tudo consumado. Esses vão gritar! "Que vão fazer de Jesus? Jesus é nosso..." Eles compreenderam. Tudo consumado...

Mas os fiéis caminhavam indiferentes aos apupos. Uns fingiam sorrir, como se o caso não lhes interessasse; outros sussurravam, num tom tímido e contido, não se sabe o quê; suas vozes débeis apagavam-se no rumor da chusma, entre as exclamações dos inimigos de Jesus. E Judas punha-se de novo lépido. Mas de súbito, viu que Tomé se aproximava com precaução; após hesitar um instante, deu um passo na direção dele. À vista do traidor, Tomé teve medo e tentou esconder-se, entretanto, Judas alcançou-o num beco escuro, entre muralhas.

— Tomé, espera-me!

O apóstolo parou e, com as mãos ameaçadoras, pronunciou, solenemente:

— Afasta-te, Satanás!

Iscariotes esboçou um gesto de impaciência:

— Como és burro, Tomé! Julguei que fosses mais inteligente que os demais. Satanás! Satanás!... Seria preciso antes prová-lo!

Tomé deixou cair os braços e indagou com espanto:

— Não foste tu que entregaste o Mestre? Eu mesmo vi quando conduziste os soldados e mostraste Jesus. Se isso não é traição, então o que é traição?

— Outra coisa, outra coisa — respondeu Judas. — Escuta, vós sois numerosos; é preciso que vos reunais todos e griteis bem alto: "Entregai-nos Jesus! Ele é nosso!" Não ousarão negá-lo a vós. Compreenderão que...

— Que dizes? — interrompeu Tomé, gesticulando. — Ignoras por acaso o número de soldados e servidores do templo que aqui estão? Demais, o julgamento ainda não teve início, e nós não devemos entravar o curso da justiça. Todos acabarão reconhecendo a inocência de Jesus e O colocarão em liberdade.

— Acreditas? — interrogou Judas com um aspecto pensativo. — E se fosse verdade, Tomé? Que sucederia? Quem enganaria Judas?

— Discutimos durante a noite e chegamos à conclusão de que o tribunal não poderá condenar um inocente. E se condenar...

— Quê? — insistia Judas.

— ... não será um tribunal. Os juízes serão severamente castigados no dia em que prestarem contas ante o Juiz Supremo...

— Ante o Juiz Supremo! Acreditas na existência do Juiz Supremo? — ironizou Iscariotes.

— E nós todos te maldiremos, mas já que negas a traição será necessário julgar-te...

Sem ouvir o fim, Judas deu meia-volta e pôs-se a correr pela ruela, a fim de alcançar a multidão que se afastava. Contudo, logo diminuiu o passo, observando que os populares caminhavam lentamente.

16

Quando Pilatos fez sair Jesus de seu Palácio e O colocou diante da multidão, Judas estava encostado a uma coluna; as costas maciças dos soldados pareciam fixá-lo; torcia raivosamente o pescoço e procurava ver entre dois capacetes reluzentes o que acontecia. Súbito, sentiu que tudo acabara. Sob o sol, muito mais alto do que as cabeças da multidão, viu Jesus, pálido e ensangüentado, tendo na fronte uma coroa de espinhos, cujas pontas penetravam na carne. Estava de pé, ao lado de uma elevação; surgia por inteiro, desde a cabeça serena até os pés pequenos e crestados. Esperava com calma. Mostrava-se tão radiante em sua pureza e inocência que só um cego não O veria, só um louco não O compreenderia. E a multidão silenciava; o silêncio era absoluto e Judas ouvia a respiração do soldado que estava na sua frente; a cada respiração rangia uma correia do uniforme.

— Sim, tudo acabou! Eles vão compreender — pensava Judas; e logo algo estranho, algo que se parecia com a sensação fulminante que se experimenta ao cair a pedra de uma montanha elevada num abismo profundo, fez cessar as batidas do coração de Iscariotes.

Os lábios de Pilatos, com um trejeito desdenhoso, dirigiram algumas palavras secas e curtas à multidão como quem atira um osso a um cachorro esfaimado, a fim de enganar-lhe sua sede de sangue fresco, sua fome de carne viva.

— Vós me trouxestes este homem dizendo que incita o povo à rebelião, e eis que aqui o interroguei diante de todos e não o achei culpado do crime que vós lhe imputastes.

Judas cerrou os olhos. Esperou.

A multidão pôs-se a clamar, a rugir; ressoaram infinitas vozes bestiais:

— À morte! Crucificai-o! Crucificai-o!

E como se ela própria se repreendesse e quisesse alimentar-se com a sua vergonha e demência, a multidão continuava vociferando com suas milhares de vozes inumanas:

— Entregai-nos Barrabás! Crucificai o Nazareno! Crucificai-o!

Pilatos não pronunciava nenhuma palavra decisiva. Em seu rosto altaneiro desenhavam-se traços de repugnância e de ira.

— Ele compreende! Ele compreende! Fala baixinho aos seus servidores, mas o rugido da multidão absorve o eco de sua voz. Que diz? Dá-lhes ordens de desembainhar as espadas e atacar aqueles insensatos? — monologava Judas.

— Trazei-me água.

— Água? Que água? Por quê?

Pilatos lava as mãos. Por que lavará ele as mãos limpas, brancas e cintilantes de anéis? Levanta-as e com uma irritação contida grita à chusma congregada que se cala e se assombra:

— Sou inocente do sangue desse justo. Isso é convosco!

A água goteja de seus dedos e cai sobre as lajes; de súbito, algo brando surge aos pés de Pilatos: uns lábios delgados e ardorosos beijam-lhe a mão que se esquiva; esses lábios colam-se aos dedos como tentáculos que chupam sangue e, em vez de beijar, parece que mordem. O governador olha cheio de repugnância e espanto e vê um corpo que se contorce, uma cabeça desigual e dois olhos imensos, estranhamente diferentes. Dir-se-ia não ser um ente humano que se agarra aos seus pés e às suas mãos, mas uma multidão. Pilatos ouve:

— Tu és sábio... Tu és nobre! Tu és sábio... sábio...

E é tão verdadeiramente satânica a alegria que flameja no rosto de Iscariotes que o outro o repele com o pé, num grito. Judas cai de costas: jaz no solo como um demônio vencido; estende a mão a Pilatos, que se distancia; e o traidor murmura com voz de misterioso acento:

— Tu és sábio! Tu és sábio! Tu és sábio!

Logo depois levanta-se ligeiramente e afasta-se entre os risos dos soldados.

— Porque nem tudo acabou. Quando virem a cruz, os pregos, talvez compreendam e então... Então?...

Judas vê Tomé passar lívido e convulso, move a cabeça para tranqüilizá-lo e segue com Jesus o caminho do suplício. A marcha é penosa, os seixos rolam sob os pés de Iscariotes e ele sente que está cansado. Não se preocupa senão com uma coisa: não sofrer nada no caminho; olha vagamente para um lado e para outro; entrevê Maria Madalena, que chora, e com ela outras mulheres soluçam; cabelos em desordem, olhos vermelhos, a boca entreaberta, entregam-se à infinita tristeza que a terna alma feminina sente em face do crime infame. Judas anima-se e aproveita um momento para acercar-se de Jesus:

— Eu estou conTigo... — sussurra.

Os soldados afastam-no com um pau; abaixa-se para não ser atingido, mostra os dentes e, inclinando-se para Jesus, acrescenta:

— Eu vou conTigo... Entendes?

Enxuga o sangue que escorre do rosto de Jesus e ameaça com o punho um soldado, que se vira para mostrá-lo aos demais. Procura Tomé sem saber ao certo por que, mas não o encontra no cortejo e a nenhum dos apóstolos. Iscariotes sente cansaço; caminha lentamente olhando os pedregulhos, pontudos e brancos, que rolam sob seus pés.

17

...tomaram o martelo para cravar no madeiro a mão esquerda de Jesus. Judas fechou os olhos e permaneceu como um morto sem ver e sem respirar: somente ouvia. Mas o ferro rangeu contra o ferro; pancadas curtas e surdas sucederam-se; ouvia-se o cravo penetrar na madeira, cujas fibras afastava...

Uma das mãos estava pregada. Ainda não era tarde.

Pregaram a outra. Ainda não era tarde.
Em seguida um pé; depois, o outro. Acabou tudo, por fim? Judas abre os olhos, vacilante, e vê a cruz, que se ergue e se planta num buraco. Vê os braços de Jesus contraírem-se dolorosamente; vê crescerem as suas chagas. Os braços alongam-se; fazem-se delgados e brancos; desarticulam-se nas espáduas. Sob os pregos, as feridas enrijam-se; os braços abrem-se, não se desprendem... não param. Tudo se imobiliza. Só os flancos se movem agitados por uma respiração curta e ofegante.

A cruz surgiu da obscuridade da terra e nela Jesus está martirizado. Judas aproxima-se inconscientemente, levanta-se e olha com frieza ao seu redor. Olha como um vencedor bárbaro, cujo coração decidiu arrasar tudo à sua frente, e que abraça, num supremo olhar, a cidade estranha e rica, ainda viva, rumorosa, mas sobre a qual se estende a mão gelada da morte.

Entretanto, ainda não se convenceu do seu triunfo. E se compreendessem? Mas ainda era tempo, Jesus vivia e havia em Seus olhos um olhar suplicante e doloroso...

Aquela sutil névoa, que empanava os olhos de todos, essa névoa tão fina, que parecia não existir, quem poderia impedi-la de rasgar-se? E se o povo compreendesse de repente? Se de improviso uma massa enorme, homens, mulheres e crianças, avançasse, varresse os soldados, os afogasse no sangue, arrancando a cruz maldita? Se as mãos dos que ali estavam elevassem ao alto, por cima das nuvens, Jesus libertado? Hosana! Hosana!

Hosana? Não, Judas fará melhor em deitar-se no solo. Não; fará melhor em colar-se à terra e, rangendo os dentes como um cachorro, esperar que os outros o levantem? Mas que aconteceu ao tempo? Ora detém-se e sente, então, desejos de enxotá-lo a pontapés ou a chicotadas como a um asno preguiçoso; ora precipita-se do alto de uma montanha e os instantes que se oferecem cortam a respiração e as mãos procuram inutilmente um apoio. Maria Madalena chora. A mãe de Jesus soluça. Que

importa! Suas lágrimas, as lágrimas de todas as mães, as lágrimas de todas as mulheres do mundo terão importância neste momento?
— Que são as lágrimas? — pergunta intimamente Judas.
Desejaria empurrar o tempo que insiste em avançar. Desejaria pegá-lo, apunhalá-lo, injuriá-lo como a um escravo. Mas o tempo é dos outros. E nega-se a obedecer-lhe! Ai! se fosse de Judas! Todavia, pertence a essas pessoas que choram, que riem, que mofam como se estivessem na praça do mercado. O tempo pertence ao sol, pertence à cruz e ao coração de Jesus, que fenece lentamente.
O coração de Judas é estúpido! Aperta-o com a mão e, ainda, comprimido, grita: — Hosana! Judas encolhe-se no chão e continua gritando: — Hosana! Hosana! — como um sacrílego que revele ao público os sagrados mistérios.
— Cala-te! Cala-te! — geme ele.
De repente, ressoam prantos e soluços, lamentos; a multidão precipita-se até a cruz. Que há? Terão compreendido?
Não. Jesus morre. Em verdade, isto é certo. Sim, Jesus morre. Suas pernas, seu peito e seu semblante tremem, mas as mãos pálidas estão imóveis. Isso será possível? Sim, morre. A respiração cessa. Detém-se. Não, um suspiro. Ele está na terra. Está ou não? Não. Não. Não. Jesus morreu.

⁓⁓⁓

Tudo está consumado. Hosana! Hosana!
Os sonhos monstruosos de Iscariotes realizam-se. Obteve a vitória e ninguém a arrebatará. Tudo está consumado. Que os povos, que todos os povos da Terra se reúnam no Gólgota, que milhões de bocas clamem: Hosana! Hosana! Que se derrame ao pé do Calvário um mar de sangue e lágrimas, que importa! Não encontram mais que a cruz infame e Jesus morto.

Judas, impassível, examina o cadáver; seu olhar fixa-se por instantes na face, onde ontem colocou um beijo de despedida. Depois levanta-se lentamente. O tempo pertence-lhe e Judas caminha sem se apressar. Também toda a Terra lhe pertence e anda com firmeza, como um soberano, como um homem que se encontra só e feliz no mundo. Vê a mãe de Jesus e diz-lhe com rudeza:

— Choras, não? Chora, chora. As mães de toda a Terra unirão suas lágrimas às tuas... até o dia em que voltarmos, Jesus e eu, para aniquilar a morte!

Está louco o traidor ou está zombando de todos? Ele tem o aspecto grave e severo e seus olhos parecem tranqüilos. Pára e contempla friamente a Terra, tão nova e pequena. Ele a sente sob os pés. Lançou um olhar aos céus, que abrem a sua cúpula azulada; olha o sol oval, que se esforça em vão por queimá-la e cegá-la, e sente sob os pés o céu e o sol. Só e alegre, experimenta quão impotentes são contra ele todas as forças que operam no mundo.

E segue com o mesmo passo calmo e regular. O tempo é dócil e submisso e acompanha o traidor, passo a passo, com todo o seu insensível e enorme fardo, sem se apressar e sem se retardar.

Tudo está consumado.

18

Tossindo, saudando sem cessar, sorrindo a todos com ar astuto, Judas Iscariotes, o traidor, apresentou-se ao sinédrio. Era por volta das doze horas, no dia seguinte ao da crucificação de Jesus. Os juízes e os carrascos do Nazareno estavam reunidos: o velho Anás e seus filhos, imagens fiéis e repugnantes do pai, e seu genro Caifás, que a ambição consumia, e todos os demais membros do sinédrio, cujos nomes roubaram à memória humana. Ricos e eminentes senhores, orgulhosos de seu poder e engrandecidos da sua ciência.

Receberam o traidor em silêncio e, como se não tivesse entrado ninguém, os seus rostos altaneiros não esboçaram a menor mudança. Até o mais insignificante, ignorado e inadvertido dos demais, ergueu a cabeça de pássaro e fixou o vácuo como se nada houvesse acontecido. Judas saudou-os repetidas vezes e eles continuaram calados; parecia que não fora um ser que havia entrado e sim um inseto impuro, que rastejava diante deles. Judas Iscariotes não era homem para se perturbar, e ao vê-los silenciosos, continuou saudando, saudando, disposto a saudar até o anoitecer se fosse necessário.

Por fim, Caifás, impaciente, perguntou:

— Que desejas?

Judas inclinou-se mais uma vez e respondeu com modéstia:

— Sou aquele que vos entregou Jesus de Nazaré.

— E então? Recebeste a tua paga. Vai-te embora — ordenou Caifás.

Como se não ouvisse, Judas continuou saudando. E Caifás, mostrando-o com o olhar a Anãs, perguntou-lhe:

— Quanto lhe deram?

— Trinta moedas de prata.

Caifás sorriu. Anãs sorriu também, e por todos os semblantes perpassou uma onda de alegre sorriso; o que tinha a cabeça de pássaro pôs-se a rir. Judas, pálido, começou a falar:

— Sim, sim, é muito pouco, mas Judas não está desagradecido; Judas não se queixa de ter sido despojado. Está satisfeito. Não serviu à causa sagrada? Sim, à causa sagrada. E os mais sábios não ouvem agora Judas e não dizem: Judas Iscariotes é dos nossos! Judas Iscariotes é nosso irmão, Judas, o traidor, é nosso irmão e nosso amigo? Anãs não tem vontade de ajoelhar-se e beijar a mão de Judas? Mas Judas não lhe permitirá, porque Judas é covarde e tem medo de ser mordido.

Caifás disse:

— Enxotai esse cão. Que está ele ladrando?

— Vai-te daqui. Não temos tempo para ouvir as tuas mentiras — declarou Anás com indiferença.

Judas levantou-se e fechou os olhos. O papel de embusteiro e dissimulador, que desempenhara com tanta facilidade durante toda a vida, tornara-se-lhe, de súbito, um fardo insuportável. Com um movimento das pálpebras, relegou-o. Quando de novo olhou Anás, seu olhar era limpo, franco e terrível. Mas os presentes não notaram tal particularidade.

— Queres que te expulsem com pancadas? — gritou Caifás.

Sufocado sob o peso de terríveis pensamentos, cada vez mais se esforçava em elevar-se e do alto arrojá-los. Iscariotes replicou com voz rouca:

— Sabeis... dizei, sabeis bem quem era Aquele que condenastes e crucificastes ontem?

— Sabemos. Vai-te embora!

Com uma única palavra rasgaria o sutil véu que lhes cobria os olhos e a terra tremeria sob o peso da implacável verdade. Eles tinham uma alma e Judas faria com que a perdessem; tinham vida e ia arrebatá-la. Viam a luz e os mergulharia nas trevas. Hosana! Hosana!

Eis as terríveis palavras que se despregaram de seus lábios:

— Não era impostor. Era inocente e puro. Ouvistes? Judas vos enganou e vos entregou um inocente!

Esperou. E ouviu a voz impassível de Anás, que retorquia:

— Era tudo isso que tinhas a nos dizer?

— Creio que não me compreendestes — insistiu Judas, empalidecendo. — Judas vos enganou. Jesus era inocente. Matastes um inocente!

Aquele que tinha a cabeça de pássaro pôs-se a rir, mas Anás permaneceu glacial: enxugou o rosto e bocejou, Caifás também bocejou e disse com voz cansada:

— E se atrevem a falar da inteligência de Judas! É um imbecil! É um imbecil insuportável!

— Como! — exclamou Judas, tomado de um sombrio furor.

— Mas quem sois vós, vós, os inteligentes? Pois bem, Judas vos enganou. Não foi Jesus que ele traiu, mas vós, sábios; vós, poderosos, é que ele entregou para sempre à morte infame, à morte eterna. Trinta dinheiros! Sim! Esse é o preço de vosso sangue, de vosso sangue impuro como a água que as mulheres despejam fora de casa, no portal da rua.

"Ah! Sumo-sacerdote, velho Anás insensato, tão orgulhoso da vossa ciência, por que não destes uma moeda de prata, um óbolo a mais? Esse é o preço pelo qual sereis taxado por toda a eternidade!"

— Fora daqui! — rugiu Caifás, rubro de cólera.

Com um gesto, Anás deteve-o e com a mesma indiferença perguntou a Judas:

— É tudo?

— Se eu fosse para o deserto e gritasse aos animais: "Sabeis por que preço os homens avaliaram o seu Salvador?" Que fariam? Sairiam de suas tocas e rugiriam de raiva; esqueceriam o seu temor dos homens e viriam devorar-vos! Se dissesse ao mar: "Mar, sabes por que preço os homens avaliaram o seu Deus?" Se eu dissesse às montanhas: "Sabeis por que preço avaliaram o seu Mestre?" O mar e as montanhas abandonariam seus lugares, que ocupam desde o começo do mundo, e rolariam até aqui para se abater sobre vossas cabeças!...

— Judas quer fazer-se de profeta! Ele fala alto — observou em tom sarcástico o que tinha a cabeça de pássaro; e lançou um olhar obsequioso a Caifás.

— ... hoje, vi o sol lívido — continuou Judas. — O sol olhava a Terra com assombro e perguntava: "Onde está o Homem?" Hoje, vi o escorpião, que pousava numa pedra e ria, dizendo: "Onde está o Homem?" Eu não O vejo, dizei-me onde está? Judas Iscariotes estará cego?

E ele pôs-se a chorar ruidosamente. Naquele instante, parecia um louco. Caifás desviou-se dele desdenhosamente; Anãs refletiu um instante e declarou:

— Creio que realmente paguei pouco e isso te aborrece. Aqui tens mais dinheiro; toma-o e dá-lo aos teus filhos.

Deixou cair algo, que tilintou. Ainda não se havia extinguido esse som e outro semelhante o prolongava: era Judas que lançava, aos punhados, óbolos e moedas de prata na cara do pontífice e dos juízes. Devolvia o preço da traição. As moedas voavam obliquamente como uma saraivada. Caíram nos rostos, na mesa, rodaram pelo solo. Alguns dos juízes protegeram o rosto com as mãos; outros, com gritos e injúrias, abandonaram o local; Judas, visando o sumo-sacerdote, atirou a última moeda que sua mão demoradamente procurou na bolsa. Depois de cuspir no chão, saiu.

— É assim! É assim! — murmurou, enquanto corria pelas ruelas, assustando as crianças. — Parece que choraste, Judas? Caifás teria razão ao afirmar que és um tolo? Aquele que chora no dia da suprema vingança é indigno dela, sabes? Não permitas que o teu coração minta; não permitas aos teus olhos que te enganem; não regues com lágrimas o fogo, Judas Iscariotes!

19

Os discípulos estavam sentados, reunidos num melancólico silêncio, e prestavam atenção nos ruídos externos. Temiam que a vingança dos inimigos de Jesus os atingisse; esperavam todos a irrupção dos soldados; talvez houvesse novos suplícios. Mateus e Maria estavam sentados ambos ao lado de João e o consolavam em voz baixa; a morte do Mestre havia atingido em particular o discípulo predileto. Maria, os olhos lacrimejantes, acariciava com doçura os cabelos ondulados e suaves de João. Mateus pronunciava palavras de Salomão com voz grave:

— "Aquele que é lento na cólera vale mais que um herói; e aquele que é senhor de si é mais forte que o que toma cidades."

Nesse momento, Judas Iscariotes entrou, batendo a porta. Todos se entreolharam sem saber quem chegava; quando viram as feições odiosas e a cabeça ruiva e disforme do judeu, prorromperam em invectivas e gritos. Pedro levantou as mãos e exclamou:

— Vai-te daqui, traidor! Vai-te ou te mato!

Mas ao analisarem melhor as feições e os olhos de Judas, silenciaram e logo murmuraram com timidez:

— Deixai-o, deixai-o. Está possuído pelo demônio.

No silêncio geral, Judas disse em voz alta:

— Alegrai-vos, pupilas de Judas Iscariotes. Acabais de ver antes os impassíveis assassinos, e agora, os covardes traidores. Onde está Jesus? Pergunto-vos, onde está Jesus?

Algo de autoritário dominava a voz de Iscariotes e Tomé respondeu com submissão:

— Bem sabes, Judas, que nosso Mestre foi crucificado ontem à tarde.

— E permitistes? Onde estava o vosso amor? E tu, o discípulo predileto, e tu, a pedra, onde estáveis quando o vosso Amigo foi crucificado no madeiro?

— Que poderíamos fazer? Julga-o tu mesmo — replicou Tomé, com um gesto de desânimo.

— Ah! E és tu quem me perguntas?

Judas Iscariotes inclinou a cabeça e logo desatou em anátemas:

— Quando se ama, não se pergunta o que se deve fazer. Vai-se e age-se. Chora-se, morde-se, afoga-se o inimigo, quebram-se-lhe os ossos. Quando se ama! Se teu filho se afoga, tu vais à cidade dizer aos transeuntes: "Meu filho se afoga, que devo fazer?" Não te lanças na água? Não te afogas com teu filho? Quando se ama!...

Pedro respondeu em tom sombrio às palavras furiosas de Judas:

— Saquei da espada e Ele mesmo mandou que eu a embainhasse.

— E obedeceste?! — exclamou irônico Iscariotes. — Pedro, Pedro, como podias obedecer? Ele não conhecia nada dos homens e da luta!

— Aquele que Lhe desobedecer irá para o fogo do inferno.

— Por que não foste, Pedro? Por que não foste? Que é o fogo? Que importava se tivesses ido? De que vale possuir uma alma se não podes arrojá-la ao fogo, quando o desejas?

— Cala-te! — exclamou João, levantando-se. — Ele próprio quis sacrificar-se. Ele previa tudo o que estava escrito. E esse sacrifício é sublime.

— Existem sacrifícios sublimes? Que dizes, discípulo predileto? Quando existe uma vítima, existem, também, verdugos e traidores. O sacrifício é sofrimento para um só e vergonha para os demais. Traidores, traidores, que fazeis na Terra? Agora, olham-na em todos os sentidos e riem e clamam: "Vejam essa Terra na qual crucificaram Jesus!"

— Tomou sobre Ele todos os pecados do mundo. Assim o quis. Seu sacrifício é sublime — acrescentou João.

— Não; sois vós, os discípulos prediletos, os responsáveis pelos pecados do mundo. Que fazeis na Terra, cegos? Quereis conduzi-la à perdição; mais tarde beijareis a cruz na qual crucificaram Jesus. Sim, sim, beijareis a cruz; Judas prediz.

— Chega de ultrajes, Iscariotes! — rugiu Pedro, cheio de rancor. — Como poderíamos matar todos os inimigos de Jesus?

— Tu também, Pedro! — exclamou João com ira. — Não vês que ele está possuído de Satanás? — E dirigindo-se a Judas: — Afasta-te! És um odre de mentiras. O Mestre não nos ordenou que matássemos.

— Mas proibiu-vos de morrer? Por que viveis, quando Ele está morto? Por que vossos pés se movem, por que vossos olhos piscam, quando Ele está morto, imóvel, mudo? Como te atreves a gritar, Pedro, quando Ele silencia? Perguntai a Judas o que era preciso fazer? E Judas, o formoso, o valente Judas Iscariotes vos responde: Morrer! Devíeis lançar-vos no caminho e arrojar-vos sobre os soldados, tomando-lhes as espadas e afogando-os no mar do vosso sangue! Devíeis morrer, morrer! E vosso próprio Pai lançaria um clamor de espanto, vendo-vos chegar todos juntos à mansão celeste!

Judas calou-se, observou os restos da comida sobre a mesa. Surpreendido, examinou os pratos com curiosidade, como se visse os alimentos pela primeira vez em sua vida e perguntou, lentamente:

— Como! Tereis comido? Tereis dormido?

— Comemos — respondeu Pedro, baixando a cabeça. (Sentia que Judas tinha o direito de mandar.) — Dormimos e comemos.

Tomé disse com voz resoluta e firme:

— Judas, pedes coisas impossíveis. Reflete: se morrêssemos todos, quem falaria de Jesus? Quem levaria aos homens o seu Evangelho, se todos morrêssemos, Pedro, João e eu?

— E que é a verdade nos lábios dos traidores? Não se converte em mentiras? Tu não compreendes, Tomé, que és agora a tumba da verdade morta? E quando o guardião dorme, chega o ladrão e leva a verdade. Dizei-me onde está ela?

Todos se calaram.

— Eu vou até Ele — disse Judas, agitando a mão. — Quem acompanha Iscariotes até Jesus?

— Eu! Eu acompanhar-te-ei! — exclamou Pedro, levantando-se.

João e os demais discípulos detiveram-no, dizendo:

— Insensato! Esqueces que foi ele quem entregou o Mestre nas mãos do inimigo?

Pedro bateu com a mão no peito e chorou amargamente: — Aonde irei, então, Senhor, aonde irei?

20

Judas, nos seus passeios solitários, de há muito havia escolhido o lugar para matar-se após a crucificação de Jesus. Era na montanha, bem acima de Jerusalém; ali havia uma única árvore, seca e atormentada pelo vento. Um de seus galhos esturricados lançava-se para a cidade santa, como para abraçá-la ou maldizê-la, e aquele galho foi o escolhido de Judas para atar a corda. Para chegar à árvore, porém, o caminho era longo e penoso, e Iscariotes estava muito cansado. Os mesmos seixos, que o haviam castigado no dia da crucificação, resvalavam sob os pés e queriam deter-lhe os passos. A colina era alta, abrupta e batida pela ventania. Judas sentava-se constantemente para recobrar alento: respirava com dificuldade e, pelas frestas das rochas, a montanha atirava sobre ele o seu sopro gelado.

— Tu, também! — exclamou com desprezo.

E movia a pesada cabeça, onde todos os pensamentos se haviam petrificado. Depois levantava-a, revirava seu olho morto e murmurava com fúria:

— São demasiado injustos para com Judas. Ouves, Jesus? Crês, agora? Vou para Ti. Acolhe-me bem, estou cansado. Estou muito cansado e voltaremos à Terra abraçados como dois irmãos. Desejas?

Inclinava a cabeça e abria os olhos, murmurando, no delírio:

— Mas lá nas Alturas, quem sabe, também te irritarás com Iscariotes. Talvez não o creias e me enviarás ao inferno. Não importa, irei ao inferno. E no fogo do teu inferno forjarei o ferro e destruirei o teu céu. Desejas? Acreditarás, então? Voltarás comigo à Terra, Jesus?

Judas atingiu o cume da montanha — ao pé da árvore retorcida. O vento começou a torturá-lo. Mas injuriado por Iscariotes, começou a cantar docemente. O vento dizia adeus, antes de Judas partir para a distância misteriosa.

— Está bem, está bem... Seus discípulos são... uns... — monologou Judas, preparando o nó.

E como a corda pudesse enganá-lo, atou-a de maneira que, rompendo-se, ele se espatifaria no precipício. E antes de arrojar-se no nada, Judas Iscariotes preveniu mais uma vez Jesus:

— Dá-me boa acolhida, Jesus. Estou cansado.

E saltou. A corda esticou, mas não cedeu; o pescoço de Judas alongou-se; suas pernas e seus braços caíram como cordas frouxas. Morrera.

Assim, no espaço de dois dias, Jesus de Nazaré e Judas Iscariotes, o traidor, deixaram a Terra, um após o outro.

Durante toda a noite, o corpo balançou no alto de Jerusalém, como um fruto monstruoso; e o vento virava-lhe a cara, ora para a cidade, ora para o deserto, como se quisesse mostrar a Judas, alternadamente, o lugar santo e o lugar desolado. Sem dúvida, qualquer que fosse o lado para onde o rosto virasse, deformado pela morte, os olhos injetados de sangue, idênticos agora, olhavam invariavelmente para o céu.

Na manhã seguinte, um caminhante viu nas alturas o cadáver de Judas, suspenso sobre a cidade, e lançou gritos de horror. As pessoas acorreram, desataram o enforcado e, ao saberem o seu nome, lançaram-no ao abismo, onde apodreciam gatos, cavalos e cachorros.

Na mesma tarde, todos os crentes sabiam do trágico fim do traidor, e no dia seguinte, Jerusalém inteira. Inteiraram-se do acontecido a pedregosa Judéia e a verde Galiléia; e de um mar a outro propagou-se a notícia da morte do traidor. Caminhava no mesmo passo que o tempo, nem mais depressa nem mais devagar. E como o tempo não tem fim, jamais se deixará de falar da traição de Judas e de sua horrível morte. E todos, os bons e os maus, maldizem sua memória infame; e entre os povos que foram e que serão, permanecerá, eternamente, em seu destino cruel, Judas Iscariotes, o traidor.

Era uma vez

1

Lourenço Petrovitch Koscheverov, comerciante abastado e sem família, chegou a Moscou para consultar os médicos.

Sua doença apresentava certo interesse científico e foi admitido na clínica universitária. Deixou a maleta e a peliça na portaria. Na sala dos enfermos, trocaram-lhe a roupa branca por outra limpa e com etiqueta: "sala número 8", e uns chinelos. A camisa era pequena e a enfermeira foi buscar outra.

— O senhor é grande demais! — comentou ela ao sair do banheiro, onde os doentes mudavam a roupa.

Lourenço Petrovitch, seminu, esperou com paciência o retorno da enfermeira. Baixando a cabeça meio calva, examinou minuciosamente o peito, ofegante como o de uma velha, e o ventre, um pouco inchado, que descia até os joelhos. Todos os sábados tomava um banho e examinava o corpo: mas agora sentia-se outro, fraco e adoentado apesar de seu vigor aparente. A partir do instante em que lhe tiraram a roupa, chegou a crer que já não se pertencia e estava disposto a fazer tudo o que lhe mandassem.

A enfermeira voltou, trazendo a camisa; apesar de Lourenço Petrovitch ter forças suficientes para esmagar a boa mulherzinha com um dedo, permitiu passivamente que o vestisse, e passou molemente a cabeça pela camisa. Com a mesma obediência, esperou que ela abotoasse a camisa ao redor do pescoço; depois, seguiu-a até uma sala. Andava lentamente com os seus pés de osso, como andam os meninos quando os adultos os conduzem para um lugar desconhecido ou para castigá-los. A nova camisa era ainda bastante estreita e o incomodava, mas não adiantaria nada falar com a enfermeira, embora, em sua casa de Saratov, dezenas de homens tremessem diante de seu olhar.

— Esta é a sua cama — disse-lhe a mulher, indicando uma cama limpa e alta, ao lado da qual havia uma pequena mesa.

Era apenas uma salinha, mas nem por isso deixou de lhe agradar aquele lugar, apesar de se sentir tão esgotado. Apressadamente, da mesma forma como se livra de alguém, tirou a camisa, os chinelos e deitou-se. A partir daquele momento, tudo o que o irritara ou atormentara, mesmo na parte material, perdera o significado e a importância. Como um relâmpago, o passado cruzou-lhe a mente: a doença traiçoeira que, dia a dia, lhe minava o corpo e lhe devorava as forças; a solidão no meio de pessoas egoístas e ávidas; a atmosfera de mentira, de ódio e de terror; a sua fuga para Moscou. Em seguida, sentiu-se aliviado, não restando em sua alma senão uma dor emudecida. E sem pensamentos, Lourenço Petrovitch adormeceu com um sono pesado e profundo. A última coisa que viu antes de adormecer foi um raio de sol na parede. Depois o esquecimento profundo e absoluto.

No dia seguinte, colocaram à cabeceira de sua cama uma placa negra com a seguinte inscrição: "Lourenço Petrovitch Koscheverov, comerciante, 52 anos, admitido em 25 de fevereiro". Placas idênticas estavam em todas as camas dos doentes da mesma sala. Numa delas lia-se: "Filipe Speranski, organista, 50 anos". Na outra: "Constantino Torbetski, estudante, 20 anos". Sobre elas destacavam-se nitidamente as belas inscrições feitas a giz, lembrando aquelas que se fazem nas tumbas: aqui, nesta terra úmida e gelada, jaz um homem...

No mesmo dia pesaram Lourenço Petrovitch. Pesava 102 quilos.

— O senhor é o homem mais pesado de todas as clínicas — disse o praticante.

Era uma espécie de assistente do médico, sem contudo ter recebido nenhuma instrução universitária. Esperou que Lourenço Petrovitch correspondesse com um sorriso, como faziam os demais doentes quando o médico lhes dirigia algum gracejo. Mas aquele estava visivelmente de mau humor. Olhava o chão e os lábios pareciam colados. Isso foi uma desagradável surpresa para o praticante, que acreditava ser um grande fisionomista, e o novo enfermo, por causa da sua calvície, fora classificado como homem de bom humor. Enganara-se... Ivan Ivanovitch, eis o nome do praticante, naturalmente mais tarde pediria um autógrafo ao novo paciente para melhor lhe julgar o caráter.

Depois de o pesarem, os médicos examinaram-no pela primeira vez. Trajavam longos aventais brancos, que lhes davam ares de importância e severidade. A partir daquele dia examinavam-no diariamente uma ou duas vezes, a sós ou acompanhados pelos estudantes. Ao se aproximarem, tiravam-lhe a camisa e, sempre docemente, encostavam-se no leito. Auscultavam-lhe o peito por intermédio de um martelozinho e um aparelho especial, permutando observações ou indicando aos estudantes esta ou aquela particularidade. Perguntavam-lhe sempre sobre sua vida passada e ele respondia, passivamente, por mais que se aborrecesse com as perguntas. Das suas respostas compreendia-se que comia muito, bebia muito, gostava muito de noitadas e trabalhava muito. A cada uma dessas afirmações, ele próprio se assombrava e se perguntava como podia ter levado uma vida tão anti-higiênica e irracional.

Os estudantes também o auscultavam. Vinham com freqüência, no impedimento dos médicos, e pediam que tirasse a camisa, uns com autoridade, outros com timidez. Algumas vezes examinavam-no com certo interesse. Graves e sérios, escreviam todos os detalhes da sua doença num caderno ou num papel. Era como se ele já não se pertencesse, e que durante o dia inteiro seu corpo fosse acessível a todos. Obedecendo aos assistentes, ia até o banheiro, depois, levavam-no a um salão onde, ao redor de uma mesa, alguns doentes, que podiam caminhar, tomavam chá.

Apalpava-se, examinava-se por todos os lados como nunca fizera antes e, apesar de tudo isso, durante o dia, sentia-se intensamente solitário. Parecia que estava de viagem, que todos ali eram passageiros como num vagão de trem. As paredes brancas, sem uma mancha, o teto alto, não eram como os de uma casa residencial, onde as pessoas vivem muito tempo. O soalho era demasiadamente limpo e lustroso, o mesmo acontecia com o ar, regulado, e não se sentiam os cheiros característicos de uma casa particular. Dir-se-ia que o ar era diferente. Os médicos e os estudantes eram amáveis, corteses. Brincavam, dando-lhe familiarmente pancadinhas no ombro, procurando consolá-lo, mas assim que saíam, tinha a impressão de que eram empregados de uma estrada de ferro e estava num trem que o conduziria para um destino ignorado. Havia transportado milhões de homens e continuava transportando-os diariamente, e todas as conversas e perguntas não se referiam mais do que aos bilhetes do trem.

Quanto mais se interessavam pelo seu corpo, mais solitário se tornava.

— Quais os dias que se admitem visitas aqui? — perguntou, mais tarde, à enfermeira, sem olhá-la.

— Aos domingos e às quintas-feiras. Mas o doutor pode autorizá-las também em outros dias.

— E o que se pode fazer para proibir a entrada de pessoas que pretendam ver-me?

A enfermeira, surpresa, respondeu que isso seria possível, e ele mostrou-se satisfeito. Esteve o dia inteiro de bom humor, e ainda sem falar, ouvia atentamente a conversa alegre e interminável do cantor adoentado.

O organista viera do distrito de Tambov um dia antes de Lourenço Petrovitch, mas já se comunicara com os demais pensionistas das cinco salas existentes naquele andar. Era pequeno, delgado. Quando tirava a camisa viam-se claramente suas costelas; seu corpo, branco e limpo, parecia com o de um menino de dez anos. Tinha cabelos compridos, espessos, de uma coloração grisalha, formando um arco demasiado grande para o tamanho de seu rosto pequeno, de traços regulares e singelos. Ivan Ivanovitch, praticante do hospital, ao notar-lhe certa semelhança com os ícones[7], classificou-o, a princípio, entre os severos e intolerantes. Após a primeira conversa, mudou de opinião, constatando que sua ciência fisionômica tinha falhado novamente.

O padre organista, como era chamado, falava com prazer, sem ocultar nada de sua pessoa, de sua família ou de seus conhecimentos. Formulava perguntas sobre os mesmos assuntos aos outros, com a curiosidade ingênua que a ninguém ofendia. Todos lhe respondiam com prazer. Se alguém espirrava, gritava com satisfação, a distância:

— Que os seus desejos sejam cumpridos!

O organista não tinha visitas. Sua doença era grave, mas ele não se sentia desgraçado. Travou amizade com os doentes, bem como com aqueles que visitavam a clínica — nunca se aborrecia. Aos doentes, desejava uma cura rápida, e aos sãos, dias alegres e felizes. Tinha sempre pronta para todos uma palavra agradável. Pelas manhãs, cumprimentava os vizinhos. Sempre afirmava fazer bom tempo, mesmo que chovesse ou nevasse. Ao dizê-lo, fazia-o com graça e batia entusiasticamente com as mãos nos joelhos. Causava riso em todo mundo sem saber o motivo. Após tomar o chá com Lourenço Petrovitch, deu-lhe calorosamente as saudações:

---

[7] Do grego *eikom*, imagem. Na Rússia, chamam-se ícones às imagens pintadas, que representam a Virgem e os Santos. (N. do T.)

— Como é bom! — exclamou, entusiasmado. — Um verdadeiro paraíso, não é verdade? Agradeço por haver-me feito companhia.

Sentia-se orgulhoso do título de organista, que trazia desde a tenra idade. Perguntava a todos, doentes e sãos, sobre o tipo das suas esposas.

— A minha é alta — dizia orgulhoso. — E os meninos também. Verdadeiros canhões, palavra de honra!

Tudo o que via ao seu redor, a limpeza, a amabilidade dos médicos, as flores no corredor, era-lhe delicioso. Rindo ou fazendo o sinal da cruz, manifestava seu entusiasmo a Lourenço Petrovitch com abundância de palavras:

— Meu Deus, como é belo tudo isto! Um verdadeiro paraíso!

O terceiro pensionista da sala era o estudante Torbetski. Quase nunca saía da cama. Todos os dias recebia a visita de uma jovem de estatura pouco alta, os olhos modestamente abaixados, e o passo ligeiro e seguro. Graciosa e esbelta num vestido negro, atravessava o corredor com passadas rápidas, sentava-se à cabeceira do paciente e permanecia ali das duas às quatro horas, horário estipulado pelo regulamento, findo o qual os visitantes se retiravam e as criadas serviam o chá aos enfermos. Às vezes, falavam com animação, sorrindo e baixando a voz, mas mesmo assim, ouviam-se algumas frases, precisamente as que eles não queriam que se ouvissem: "Amo-a!" "Minha vida!" etc. Ou silenciavam durante longo tempo, contentando-se em trocar alguns olhares. Então o organista, tossindo, deixava a sala com um ar de homem atarefado, e Lourenço Petrovitch, que fingia dormir em seu leito, via, os olhos entreabertos, como se beijavam. Seu coração começava a bater com desespero e sentia-se perturbado. E nas brancas paredes do quarto era como se bailasse um sorriso triste e melancólico.

2

Ali dentro, o dia começava muito cedo: quando os primeiros raios da aurora, ainda foscos, inundavam o nascente, os empregados já se movimentavam. O chá dos doentes era servido às seis. Em seguida, tomavam-lhes a temperatura. Alguns, e entre eles o organista, inteiraram-se pela primeira vez de que tinham temperatura. Punham-se numa atitude esquisita quando lhes colocavam o termômetro. O vidrinho, com suas linhas vermelhas e pretas, convertia-se em algo providencial e, segundo a indicação de um décimo a mais ou a menos, os doentes ficavam alegres ou tristes. Até o organista, apesar do bom humor, assombrava-se, embora por instantes, quando a temperatura de seu corpo era mais baixa que o normal.

— Isto aqui é um colosso! — dizia a Lourenço Petrovitch, com o termômetro na mão e examinando-o com ar reprovador.

— Coloque-o outra vez e obterá uma temperatura mais elevada — recomendava o comerciante em tom de brincadeira.

O organista obedecia; e se lograsse obter um décimo a mais, alegrava-se e agradecia calorosamente o conselho.

Durante o dia, cada um se empenhava em seguir à risca tudo o que lhes recomendavam os médicos. O organista era engraçado: ao colocar o termômetro ou ao tomar um remédio, fazia-o tão conscienciosamente como um trabalho, uma obrigação. Quando dava os tubos para análise, colocava-os em perfeita ordem e numerados, sobre sua mesinha — como tinha a letra péssima, pedia ao estudante que os numerasse. Ria, paternalmente, dos que descuidavam das prescrições médicas, e em particular do gordo Minayev, que estava na sala 10. Os médicos proibiram Minayev de comer carne, mas ele a comia às escondidas dos companheiros de mesa e, por vezes, engolia sem mastigar.

Até às sete, a sala inundava-se da claridade que entrava pelas grandes janelas. Havia tanta luz como nos campos; as paredes brancas, as camas, o soalho, o vaso de cobre, tudo brilhava. Raras vezes alguém se aproximava da janela; a rua e o que se passava fora da clínica perdiam todo o encanto para os pensionistas. Ali a vida alcançava a sua plenitude: passavam o trem repleto de passageiros, o destacamento de soldados de fardas esverdeadas, os bombeiros com cascos lustrosos, e abriam-se e fechavam-se as tendas. Aqui não havia mais do que pessoas doentes na cama, freqüentemente sem forças para mover a cabeça ou, então, deslizavam em trajes de dormir pelo soalho encerado; sofriam e morriam! O estudante recebia todas as manhãs um periódico, mas nem ele nem os outros liam. Uma complicação passageira num vizinho qualquer atormentava mais do que a guerra ou os acontecimentos de importância internacional.

Até às onze horas, os médicos e os estudantes iam de sala em sala, examinando minuciosamente os pacientes. Lourenço Petrovitch ficava deitado tranqüilamente, os olhos cravados no teto, respondendo às perguntas, constrangido. O organista, emocionado, falava muito e de maneira incompreensível, demonstrando, intencionalmente e com freqüência, que não se poderia entender o que pretendia expor. Expressava-se nos seguintes termos:

— Quando tive a elevada honra de vir para a clínica...

Da enfermeira, dizia:

— Quando teve a amabilidade de purgar-me...

Sabia, de antemão, a que horas se levantava, se deitava ou se sentia mal. Depois que todos se retiravam, mostrava-se mais alegre e entusiasmado; louvava e ficava satisfeito se tivesse a sorte de cumprimentar, separadamente, cada médico.

— Isto está tão bom, tão bom! — exclamava.

E contava novamente a Lourenço Petrovitch, que não dizia nada, e ao estudante, que sorria, de que maneira tinha saudado primeiro o doutor Alexandre Ivanovitch, depois o doutor Simão Nicolaievitch.

Sua doença era incurável e seus dias estavam contados, mas não sabia e falava com ênfase de uma viagem a um mosteiro, que havia programado para depois da cura, e de uma macieira, que daria muitos frutos naquele ano. Quando fazia bom tempo e as paredes e o soalho estavam inundados de raios solares, incomparáveis de vigor e beleza, e as sombras dos leitos brancos como a neve eram de um azul opaco, contava fatos numa voz bastante comovida. Sua voz de tenor débil e terna tremia de emoção e, procurando esconder-se dos vizinhos, enxugava as lágrimas, que lhe assomavam aos olhos.

Em seguida, aproximava-se da janela e admirava a profundidade da abóbada celeste, tão distante da terra, tão serena em sua beleza e magnitude que se transformava num cântico divino.

— Seja clemente comigo, Deus misericordioso! — rezava o organista. — Perdoe os meus pecados e encaminhe-me pelos sendeiros celestes!...

No horário preestabelecido, serviam-se o almoço, o lanche e o chá. Às nove horas, cobriam a lâmpada elétrica com uma tela azulada e o cômodo penetrava na grande noite silenciosa.

A clínica mergulhava no sono. Somente no corredor iluminado, onde permaneciam abertas as portas das salas, velavam as enfermeiras, conversando em voz baixa. Às vezes alguma, num andar mais pesado, fazia ruído quando atravessava o corredor. Até às onze morriam os últimos vestígios do dia, e um silêncio pesado e lúgubre dominava sorrateiramente. Esse silêncio absorvia avidamente todos os rumores, transmitindo de um cômodo a outro o ronco dos doentes, suas tosses e seus gemidos. Freqüentemente, os rumores eram traiçoeiros, misteriosos, não se sabendo nunca se era uma respiração ofegante ou a agonia da morte.

Com exceção da primeira noite, quando esquecera tudo num profundo sono, Lourenço Petrovitch dormia assaltado por um turbilhão de pensamentos conturbados. As mãos cruzadas sob a nuca, imóvel, fixava o olhar nas lâmpadas veladas. Não acreditava em Deus, não tinha apego à vida e não temia a morte. Havia esgotado todas as forças vitais estupidamente, sem nenhum prazer. Na mocidade, roubara o dinheiro de seu patrão; agarravam-no cruelmente, continuamente, e odiava quem o delatara. Convertido em patrão, economizara seu dinheiro à custa das pessoas pobres, as quais desprezava e pelas quais era desprezado, inspirando ódio e injúrias. Na velhice, a doença começou a roubá-lo, e quando agarrava alguém, castigava-o cruelmente, barbaramente. Assim era a sua vida, cheia de ódios e injúrias. As chamas do amor extinguiram-se naquela atmosfera, não deixando mais do que cinzas geladas em seu coração. Agora desejava refugiar-se da vida, encontrar o esquecimento. Abominava a própria estupidez e a dos outros. Não podia admitir que houvesse alguém que amasse a vida e, em suas noites de vigília, voltava constantemente a cabeça para o leito, onde dormia o organista. Examinava minuciosamente os traços do seu vizinho, que roncava sob os lençóis brancos, e resmungava, com os dentes apertados:

— Que idiota!

Depois olhava para o estudante, que também dormia, e retificava:

— Dois verdadeiros idiotas!

Ali, pela madrugada, sua alma desaparecia no silêncio e seu corpo executava docemente tudo o que se ordenasse. Mas esse corpo se tornava dia a dia mais fraco, e permanecia como uma pesada massa inerte sobre o leito.

O organista debilitava-se também. Não passeava com entusiasmo pelas salas, ria mais raramente, mas quando o sol inundava a clínica, punha-se a falar alegremente, a dar graças ao Sol e aos médicos, e a falar de sua macieira. Depois principiava a entoar um cântico religioso, e seu rosto enfraquecido acalmava-se e adquiria uma expressão grave. Terminando de cantar, aproximava-se do leito de Lourenço Petrovitch e repetia novamente os detalhes da cerimônia da sua promoção ao grau de organista:

— Entregaram-me um enorme certificado, assim grande — e estendia os braços —, e todo coberto de letras, até letras douradas, juro!

Levantava os olhos até o ícone, fazia o sinal da cruz e acrescentava, com respeito, para a própria personalidade:

— Num lado do diploma havia um selo do bispado, selo enorme! Ah! como era belo tudo aquilo!

Ria satisfeito, feliz. Mas quando o sol desaparecia da sala, ocultando-se atrás de uma nuvem escura e tudo se tornava sombrio e triste ao seu redor, ele suspirava e deitava-se.

3

Nos campos e nos bosques ainda se encontrava neve, mas as ruas já andavam limpas. Ao longo das casas corriam riachos que formavam poças no asfalto. O sol iluminava a sala com torrentes de luz; era difícil crer que por trás das janelas o ar fosse também frio e úmido. Assim banhada de luz, a sala, com seu teto alto, parecia estreita, o ar pesado e espremido pelas paredes. O ruído da rua penetrava pelas frestas das janelas, mas quando estas eram abertas pela manhã, a sala rapidamente se inundava com o vozerio dos pardais. Afogava todos os rumores, que se eclipsavam modestamente, apoderava-se dos corredores, subia as escadas, penetrava com impertinência no laboratório. Os doentes, aqueles que podiam andar pelos corredores, sorriam ao ouvir os pardais, e o organista sussurrava com estranha alegria:

— Como se alvoroçam essas avezinhas!

Mas as janelas tornavam a fechar-se e o barulho morria de repente, tal como surgira. Os doentes voltavam apressados à sala, como se ainda esperassem ouvir o eco daquele ruído e respiravam avidamente o ar fresco.

Agora acercavam-se com mais freqüência das janelas e permaneciam ali muito tempo, esfregando os vidros com os dedos, por mais limpos que estivessem. Resmungavam quando lhes tomavam a temperatura e não falavam mais senão do futuro. Todos desejavam aquele porvir sereno e bom, até mesmo o rapazinho da sala 11, que tentara fugir. Alguns doentes viram-no quando o transportaram na maca, a cabeça na frente; ia imóvel, apenas seus olhos profundos olhavam ao seu redor; havia tamanha tristeza e desespero em seu olhar que todos viraram a cabeça. Adivinhavam que o rapaz estava morto, mas ninguém se assustara, nem se perturbara por aquela morte; ali, como no período de guerra, a morte era um fenômeno banal e simples.

A morte levou também, naqueles dias, outro doente da sala 11. Era um velhinho muito vivo e atacado de paralisia no lado esquerdo. Passeava com ar animado pela clínica, com um ombro para a frente, arrastando-se e contando a todos sempre a mesma história da conversão da Rússia ao Cristianismo sob o rei Vladimiro, o Santo[8]. Não se podia compreender por que esse episódio o havia comovido tanto. Falava muito baixo, de maneira incompreensível, cheio de entusiasmo, agitando a mão direita e movendo o olho. Se estava de bom humor, terminava o relato com uma exclamação ardente e triunfal: "Deus está conosco!"

---

[8] São Vladimiro, o Grande, assim conhecido na Igreja Russa, faleceu em 1015, não se precisando a data de seu nascimento. No ano 972, Vladimiro conseguiu, após a morte de seu pai, reunir sob o seu cetro todo o império, que se estendia do Báltico ao Mar Negro. Em Kiev manteve uma corte brilhantíssima. Casando com a princesa Ana, filha do imperador Romano II e irmã dos imperadores Constantino e Basílio, converteu-se ao Cristianismo em 988. O empenho que pôs no seu desenvolvimento valeu-lhe a honra de ser incluído no número dos santos venerados pela Igreja Russa em 15 de junho. Em 1782, a imperatriz Catarina II, em memória do príncipe que introduziu a religião cristã na Rússia, fundou a ordem de São Vladimiro. (N. do T.)

Em seguida arrastava-se, apressado, com um riso confuso, tapando o rosto com a mão direita. Normalmente mostrava-se triste e lamentava-se porque não lhe davam um banho quente, que o curaria por completo — disso ele tinha certeza.

Alguns dias antes de sua morte, declarou que à noite teria o seu banho quente. Durante o dia esteve agitado e repetia: "Deus está conosco!" Quando se encontrava no banho, os pensionistas, que passavam por ali, ouviam-lhe a voz satisfeita e rápida: contava, pela última vez, a sensacional história da conversão da Rússia ao Cristianismo sob Vladimiro, o Santo.

Não mudava a saúde dos ocupantes da sala 8. O estudante Torbetski aparentava melhorar, enquanto Lourenço Petrovitch e o organista se mostravam debilitados, dia a dia. A vida e as forças abandonavam-nos de maneira imperceptível e não se inteiravam disso, como se fosse natural não passearem pela sala e permanecerem o dia inteiro deitados.

Regularmente, os médicos vinham com seus aventais brancos, bem como os estudantes. Examinavam os doentes e trocavam impressões.

Um dia]transportaram o organista até uma grande sala de conferências, e quando ele regressou estava agitado e falava sem cessar. Ria nervosamente, persignava-se, dava graças e, de quando em quando, enxugava os olhos, que estavam lacrimejantes, com um lenço.

— Por que chora, meu bom padre? — perguntou-lhe o estudante.

— Ah! meu caro, se você tivesse visto aquilo! Era tão emocionante! Simão Nicolaievitch fez-me sentar numa banqueta, pôs-se ao meu lado e disse aos estudantes: "Eis aqui o organista!"

Seu rosto adquiriu uma expressão grave; as lágrimas assomaram novamente e, revirando a cabeça resolutamente, prosseguiu:

— Tem um modo de falar as coisas esse Simão Nicolaievitch! É comovedor a ponto de partir o coração...

Soluçou, baixinho.

— Era uma vez, disse Simão Nicolaievitch, era uma vez um organista... Era uma vez...

As lágrimas cortaram-lhe a palavra. Depois de deitar-se, sussurrou, numa voz abafada:

— Esse bom Simão Nicolaievitch contou toda a minha vida. Como vivi na miséria, enquanto não era mais do que ajudante do organista... tudo... Não se esqueceu nem da minha mulher... O bom Deus o recompense... Era tão emocionante, tão emocionante! Como se eu tivesse falecido e fizesse a despedida... Era uma vez um organista... era uma vez...

Ao ouvi-lo falar dessa maneira, todos compreenderam que o seu fim não tardaria. Era tão evidente como se a morte estivesse ali presente, à sua cabeceira. Tinham a impressão de que seu leito estava envolto num clima de túmulo, e quando se calou, tapando a cabeça com o lençol, o estudante, nervosamente, esfregou as mãos, que se tinham tornado frias. Lourenço Petrovitch teve um riso brutal e pôs-se a tossir.

Nos últimos dias, Lourenço Petrovitch sentia-se perturbado e constantemente virava a cabeça para o céu azul, que se entrevia pela janela aberta. Já não permanecia imóvel como antes: agitava-se na cama, resmungava e aborrecia-se com os enfermeiros. Manifestava seu mau-humor até com o médico, homem de bom coração e que uma vez lhe perguntou com simpatia:

— Que tem você?

— Aborreço-me — respondeu Lourenço Petrovitch como uma criança doente, fechando os olhos para ocultar as lágrimas.

Aquele dia foi anotado no diário, onde se observava a temperatura, bem como todo o transcorrer de sua doença: "O paciente aborrece-se".

O estudante continuava recebendo a visita da jovem que amava. As faces dela estavam tintas de coloração viva; era agradável e ao mesmo tempo um pouco triste olhá-la.

— Observe como tenho as faces ardentes — dizia-lhe, aproximando o seu rosto do dele.

O estudante, não com os olhos, mas com os lábios, longamente, pois estava melhor e suas forças aumentavam, certificava-se do que lhe dizia ela. Agora não se preocupava com a presença de estranhos e beijava-a sem se envergonhar. O organista virava delicadamente a cabeça, mas Lourenço Petrovitch já não simulava que dormia e olhava os enamorados com jeito provocador. Eles gostavam do organista, mas não de Lourenço Petrovitch.

No sábado, o organista recebeu uma carta da família. Fazia uma semana que a esperava. Todo mundo sabia que a esperava e participava todos de sua inquietação. Ativo e alegre, caminhava de um canto a outro da sala, mostrando a carta, recebendo felicitações e dando agradecimentos. Todos sabiam de há muito que sua mulher era alta, mas aquele dia contou um novo pormenor, inédito até então:

— Como ronca a minha mulher! Quando dorme, pode fazer-se de tudo, que não desperta, continua roncando! Parece um canhão...

Em seguida, o organista, franzindo maliciosamente as sobrancelhas, acrescentou em tom de orgulho:

— E isto é o que vocês não viram. EM...

Ao dizê-lo, mostrava um pequeno canto do papel sobre o qual se viam os contornos irregulares de uma mão de criança, no meio da qual havia uma inscrição: "Tósia envia lembranças". A mãozinha, antes de ser colocada no papel, estava provavelmente muito suja, ao menos deixou manchas na carta...

— É meu filhinho! Muito travesso! Não tem quatro anos, mas é tão inteligente, tão inteligente...

E retorcendo-se de riso, dava pancadinhas nos joelhos. Seu rosto tomava por instantes a expressão de um homem sadio e, ao olhá-lo, não se diria que estavam contadas as suas horas. Até a sua voz se tornava firme e sonora, quando começava a entoar seu cântico religioso predileto.

Naquele mesmo dia levaram Lourenço Petrovitch para a sala das conferências. Ficou agitado, as mãos trêmulas e um sorriso de maldade nos lábios. Brigou com o enfermeiro, que o ajudava a tirar a roupa, e deitou-se, fechando os olhos. Mas o organista esperava com impaciência que os abrisse e, quando o fez, começou a fazer perguntas ao seu vizinho sobre tudo o que se tinha passado havia pouco:

— É emocionante, não é verdade? Terão dito provavelmente: "Era uma vez um comerciante".

Lourenço Petrovitch, encolerizado, lançou ao organista um olhar cheio de desprezo, voltou-lhe as costas e cerrou de novo os olhos.

— Não se enfraqueceu o seu sangue? — prosseguiu o organista. — Logo ficará curado e tudo estará bem.

Deitado de costas, olhou, pensativo, para o teto; um raio de sol vinha não se sabe de onde. O estudante saíra para fumar. Na sala, reinava o silêncio cortado pela respiração lenta de Lourenço Petrovitch.

— Sim, paizinho — falava o organista com alacridade. — Sim, se passar, casualmente, por nosso povoado, venha visitar-me. Não estará a mais de cinco quilômetros da estação. Qualquer aldeão o conduzirá à minha casa. Vá até lá. Por minha fé que o receberei como um rei. Tenho ali ótima bebida, de uma doçura incomparável!

Suspirou, e após uma curta pausa, prosseguiu:

— Antes de entrar em minha casa, visitarei o mosteiro, a catedral; depois me lavarei nos famosos banhos a vapor... Como se chamam?...

Lourenço Petrovitch silenciava sempre e o organista respondia por ele:

— Banhos do comércio... Depois, irei para casa...

Calou-se, satisfeito. Durante alguns instantes ouvia-se apenas a respiração ofegante de Lourenço Petrovitch, que parecia uma locomotiva detida num desvio. E antes que o quadro de felicidade tão próximo, imaginado pelo organista, desaparecesse de seus olhos, ouviu as palavras terríveis; terríveis não só pelo seu sentido, mas também pela maldade e rudeza com que foram pronunciadas:

— Não irá para sua casa, mas para o cemitério — disse Lourenço Petrovitch.

— Como, paizinho? — perguntou o organista, sem compreender.

— Digo-lhe que é o cemitério que o espera!

Voltou-se para o outro para que este pusesse ouvi-lo melhor, a fim de que nenhuma daquelas palavras cruéis se perdessem, acrescentando:

— Ou talvez pode ser que o cortem em pedaços aqui mesmo, para a glória da ciência e para ensinar os estudantes...

Ouviu-se uma risada prolongada, maldosa.

— Mas vamos, paizinho, que é que disse? — balbuciou o organista.

— Digo que aqui existe um processo rude de enterrar os mortos: primeiro cortam o desgraçado em pedaços; retalham, em seguida, um braço e o enterram; depois a perna e a enterram, e assim sucessivamente. Se o morto não tiver sorte, o seu enterro pode prolongar-se por um ano todo!

O organista olhou com espanto o seu interlocutor, que continuava a dizer palavras repugnantes e terríveis pelo seu cinismo:

— Digo-lhe a verdade, pobre organista, você dá dó; apesar de sua idade avançada, você é tonto. Faz projetos para o futuro. Tem intenções de visitar o mosteiro, a catedral; fala de sua macieira, e sem dúvida... você não tem mais que uma semana de vida...

— Uma semana?

— Sim, meu velho, nada mais. Não sou eu quem diz, são os médicos que afirmam. Ontem, quando você estava ausente, eu os ouvi falar... Acreditavam que eu estivesse dormindo. "Nosso organista é um assunto liquidado" — disseram. — "Não tem mais que uma semana de vida..."

— Não mais que uma semana? — balbuciou o outro, numa voz imperceptível.

— Nem um dia mais, meu velho. A morte o espera, impiedosa.

E levantando seu enorme pulso, acrescentou, depois de olhá-lo um instante:

— Olhe! É potente! Poderia matar qualquer um e, sem dúvida... Eu também... Sim, eu também! Ah! meu pobre organista, como você é tonto! "Visitarei o mosteiro, a catedral!" Não, velho, agora você não visitará nada...

O rosto do organista tornou-se pálido. Não podia falar, chorar ou gemer. Silencioso, deixou cair a cabeça na almofada e, esquivando-se da luz do dia, tapou o rosto com o lençol. Mas Lourenço Petrovitch não pretendia silenciar, como se aquelas palavras cruéis lhe fizessem bem. E com uma sinceridade hipócrita continuou:

— Sim, meu paizinho, uma semana, mais nada. Não terá tempo de ir aos banhos do comércio. Talvez ponham você num banho quente no inferno... É bem possível...

Nesse momento entrou o estudante e Lourenço Petrovitch silenciou. Também cobriu o rosto com o lençol, mas logo o retirou e, olhando com ironia o estudante, perguntou com a mesma hipocrisia, num sorriso maldoso:

— E a senhorita? Não virá hoje?

— Não... não está boa de saúde — respondeu friamente o estudante.

— É uma pena. Mas que tem ela?

O outro não respondeu. Talvez não tivesse ouvido a pergunta. Fazia três dias que não via a jovem. O estudante olhava pela janela somente para se distrair, mas espiava, constantemente, a entrada do hospital com a esperança de ver chegar a qualquer momento a sua amada. Assim, com o rosto colado nos vidros, nervoso, continuava à espera como um desesperado, enquanto se extinguiam as duas horas marcadas para as visitas.

Cansado, pálido, tomou uma xícara de chá e deitou-se, sem perceber o silêncio angustioso e constrangido do organista e a loquacidade incomum de Lourenço Petrovitch.

— A senhorita não veio hoje... — dizia este último num sorriso malévolo.

4

Aquela noite parecia demasiadamente longa. A lâmpada elétrica coberta por um protetor iluminava debilmente a sala. O silêncio era perturbado de vez em quando pelos roncos ou gemidos dos enfermos. Uma colher caiu no soalho e o ruído produzido pela queda era idêntico ao de uma campainha, e vibrou durante muito tempo no ar tranqüilo e imóvel.

Ninguém dormiu naquela noite na sala 8. Estavam quietos em seus leitos e velavam. Somente o estudante Torbetski, não fazendo caso dos demais, revolvia-se constantemente e suspirava. Por duas vezes foi ao corredor para fumar seu cigarro. Acabou adormecendo profundamente e seu peito arfava numa respiração regular. Provavelmente sonhava com a felicidade, pois em seus lábios florescia um sorriso de satisfação. Aquele sorriso era muito estranho, quase misterioso, no rosto de um homem que dormia.

O relógio, que se encontrava num compartimento vizinho, anunciava as três, quando Lourenço Petrovitch, que começava a cochilar, ouviu um sussurro semelhante a uma canção longínqua e triste. Aguçou o ouvido: o som prolongou-se, fez-se mais forte e, agora, tinha-se a impressão de um gemido, lembrava uma criança presa num quarto escuro e que, temendo as trevas e também os que a fecharam, tentava conter os soluços. Lourenço Petrovitch, completamente acordado, compreendeu imediatamente o que se passava: era alguém dali que chorava, sufocado, tragando as lágrimas.

— Que é isso? — perguntou, assustado.
Ninguém respondeu.
Os soluços cessaram. A sala tornou-se ainda mais triste. As paredes brancas continuavam impassíveis e frias. Não havia ninguém a quem se pudesse queixar da solidão e do medo e pedir amparo.
— Quem chora, então? — insistiu Lourenço Petrovitch. — É você, organista?
Os soluços, contidos por um momento, recomeçaram de súbito. Agora, impetuosos, encheram a sala. O lençol, que cobria o corpo do organista, descerrou-se e a placa metálica, que encimava a sua cabeceira, tremia.
O organista chorava com crescente agitação. Lourenço Petrovitch sentou-se na cama e, depois de refletir um instante, desceu. Teve uma vertigem e custou muito a conter-se em pé; sua impressão era a de que alguém fazia girar em seu cérebro grandes bolas de pedra. O coração batia-lhe com tanta força como se martelasse seu peito.
Acercou-se, respirando com dificuldade, do leito do organista, que se encontrava a um metro do seu. Extenuado pelo esforço despendido, pousou a mão no corpo do organista que, sem dizer nada, cedeu um lugarzinho para que pudesse sentar.
— Não chore! Não vale a pena! — implorou Lourenço Petrovitch. — Teme tanto assim a morte?
O outro estremeceu no leito e exclamou em um tom de lástima:
— Ah! isso é tão...
— Quê? Tem medo, de verdade?...
— Não, não tenho medo... não tenho medo... — balbuciou, soluçando mais forte.
— Não se zangue comigo por haver dito a verdade... Seria tonto se se zangasse.
— Mas não estou zangado... E por que haveria de estar? Não foi você quem chamou a minha morte... Ela veio sozinha...

— Então, por que chora?

Isso não era piedade. Lourenço Petrovitch apenas tentava compreender o motivo daquele pranto, e olhava atentamente o rosto do organista e o contorno do seu corpo que se via na semi-obscuridade...

— Por que chora, então? — insistiu ele.

O organista cobriu o rosto com as mãos e, balançando a cabeça, respondeu com uma voz lastimosa:

— Ali! paizinho... É o sol que sinto... Se soubesse como brilha em nossa casa... em nosso país... É algo maravilhoso.

De que sol falava? Lourenço Petrovitch não compreendia e calou-se. Lembrou-se da torrente de luz que inundara a sala pela manhã. Como brilhava o sol em seu país, sobre o Volga[9], no bosque e nos caminhos campestres! Deixando cair com desespero seus braços ao longo do corpo, debruçou-se, soluçando, sobre a almofada, ao lado do organista. Assim choraram os dois. Choraram o sol que não veriam mais, a magnífica macieira que daria frutos quando eles não mais estivessem neste mundo, as trevas que os envolveriam logo, a vida ardentemente desejada e a morte cruel. O silêncio da noite recolhia seus soluços e repartia-os pelas salas, misturando-os com os gemidos dos doentes, exaustos pela vigília, com os soluços dos mais graves e com a respiração dos convalescentes.

O estudante dormia; o sorriso havia desaparecido de seus lábios e sombras azuis delineavam-se em seu rosto aparentemente imóvel e triste. A lâmpada elétrica iluminava a sala com a sua luz imperturbável e as paredes brancas continuavam impassíveis.

A morte levou Lourenço Petrovitch na noite seguinte. Adormecera profundamente, depois despertou. Compreendeu que estava morrendo e que devia gritar, pedir socorro, fazer o

---

[9] Grande rio da Rússia, tributário do Mar Cáspio, com uma extensão de 3.400 quilômetros. (N. do T.)

sinal da cruz. Mas não teve tempo, perdeu os sentidos. O peito levantou e baixou rápido, as pernas tiveram um entumescimento, a cabeça resvalou na almofada. O organista, ao ouvir o ruído leve na cama do vizinho, perguntou, sem abrir os olhos:
— Que tem, paizinho?
Ninguém respondeu e ele adormeceu outra vez.
Quando vieram os médicos, asseguraram ao organista que não precisava temer a morte e que viveria muito tempo. Ele teve plena confiança naquilo. Do seu leito saudava-os com a cabeça e agradecia alegre, feliz.
O estudante também estava feliz e adormeceu tranqüilo. Recebera a visita de sua amada, que o beijou longamente e permaneceu ao seu lado vinte minutos mais do que o costume.
O sol tinha saído.

O nada

Um alto dignitário, velho de certa importância, um grande senhor que tinha apego à vida, agonizava. Era-lhe penoso morrer; não acreditava em Deus, nem compreendia por que morria; o terror dominava-o. Era horrível vê-lo sofrer.

Sua vida, muito grandiosa, rica e cheia de interesse; seu coração e seu cérebro sempre preocupados e saciados. Seus membros, todo o seu ser se consumia, esgotando-se-lhe o vigor; pouco a pouco, definhava. Os olhos e os ouvidos, acostumados, respectivamente, a ver e a ouvir sempre o belo, estavam igualmente cansados; a alegria pesava demasiadamente em seu coração, enfraquecido de trabalhar. Enquanto não se sentiu doente, algumas vezes pensou na morte com certo prazer. Ela lhe traria merecido repouso, livrá-lo-ia de todos aqueles abraços, distinções e relações sociais que tanto o fatigavam. Sim, lembrava-a com prazer, mas precisamente agora, à espera do desenlace, sentia que um horror indescritível lhe penetrava na alma.

Quisera viver mais um pouco, ainda que fosse até segunda-feira; melhor ainda até quarta ou quinta-feira. Não sabia com precisão o dia de sua morte, uma vez que na semana havia somente sete dias.

E justamente naquele dia desconhecido apresentou-se diante dele um diabo de aspecto vulgar, como muitos. Introduziu-se na casa disfarçado de gente. O alto dignitário compreendeu que o diabo não tinha ido ali só por ir e alegrou-se. "Já que o diabo existe, a morte não é o fim; ele vem provar-me que a imortalidade é um fato. A rigor, se a imortalidade não existe, pode-se prolongar a vida, vendendo a alma em condições vantajosas". Isso lhe era evidentemente satisfatório.

Contudo, o diabo apresentava um aspecto cansado e aborrecido. Durante longos segundos não disse nada e olhou ao seu redor sem fixar-se em coisa alguma. Isso inquietou o dignitário, que se apressou a lhe oferecer uma cadeira. Mas ainda depois de sentado, o diabo conservou o ar triste e cansado, guardando silêncio.

— Como são esquisitos... — pensou o dignitário, examinando com curiosidade o visitante. — Meu Deus, que focinho desagradável! Nem no inferno deve passar por simpático!

E em voz alta:

— Eu o imaginava de outro modo...

— Que disse? — perguntou o diabo, fazendo um gesto.

— Eu não o imaginava dessa maneira.

— Tolice...

Todo mundo dizia o mesmo ao vê-lo pela primeira vez e isso o aborrecia.

— Pena não lhe poder oferecer chá ou vinho — pensou o dignitário. — Quiçá não soubesse beber.

— Bem, já está morto! — começou o diabo em tom fleumático.

— Que diz? — exclamou, revoltado, o dignitário. — Estou vivo!...

— Não diga tolice — tornou o diabo, continuando. — Está morto... Bem, que faremos agora? Este é um assunto sério e temos de tomar uma decisão...

— Mas é mesmo verdade que estou morto? Mesmo falando?

— Ai! Meu Deus! Quando se viaja, não se passa primeiro pela estação antes de subir no trem? Agora você se encontra na estação, exatamente...

— Na estação?...
— Sim.
— Compreendo, compreendo. Então, eu já não existo? Não sou mais eu mesmo? Onde estou? Isto é, onde está meu corpo?...
— Num cômodo contíguo. Está sendo lavado com água quente.

O dignitário envergonhou-se, sobretudo, quando pensou em seu ventre, coberto por espessa camada de gordura. Lembrou-se de que eram as mulheres que sempre lavavam os mortos.

— Esses costumes estúpidos! — protestou, encolerizado.
— Isso não é da minha conta — objetou o diabo. — Não percamos tempo e vamos direto ao assunto... Tanto mais que dificilmente ouvirá.
— Em que sentido?
— No sentido mais simples: você começou a apodrecer e isso me faz mal. Entretanto, já estou farto de suas perguntas! Tenha a bondade de ouvir bem o que vou lhe dizer; não repetirei.

E em palavras cheias de fadiga, numa voz cansada por repetir sempre a mesma coisa, expôs ao dignitário o seguinte:

Diante dele apresentavam-se duas perspectivas a escolher: passar à morte definitiva ou aceitar uma vida de modo especial e estranho, capaz de provocar dúvidas. Era livre na escolha. Se optasse pela primeira, seria o silêncio, o vazio, o vácuo...

— Meu Deus, era isso precisamente o que me dava horríveis pressentimentos — pensou o dignitário.

— Isso representa um repouso imperturbável — assegurou o diabo, examinando com curiosidade o teto entalhado. — Você desaparecerá sem deixar nenhum vestígio, sem existência. Terá um fim absoluto, jamais falará, pensará, nem desejará nada; não experimentará alegria, nem dor; nunca pronunciará a palavra "eu"; enfim, você não mais existirá, extinguindo-se, cessando de viver, tornando-se nada...

— Não, não quero! — gritou enérgico o dignitário.

— E, sem dúvida, isso seria o repouso! Isso também vale algo. Um repouso que é impossível imaginar mais perfeito.

— Não, não quero o repouso absoluto! — protestou, decididamente, o dignitário, enquanto seu coração cansado não implorava mais do que isso.

O diabo ergueu os ombros peludos e continuou no mesmo tom cansado, como o empregado de um empório ao fim de uma jornada de trabalho:

— Mas, no entanto, posso propor-lhe também a vida eterna...

— Eterna?...

— Sim. No Inferno. Não é isso precisamente o que desejaria, assim é a vida. Terá algumas distrações, conhecimentos interessantes, conversações, e sobretudo conservará o seu "eu". Enfim, terá de viver eternamente.

— E sofrer?

— Mas que é o sofrimento? — e o diabo fez uma careta. — Isso parece terrível até que se acostume. E devo frisar que é esse o costume que se lamenta por aí.

— Há muita gente lá?

— Sim, muita... E lamentam-se tanto que ultimamente até houve perturbações graves: reclamavam novos suplícios. Mas onde encontrar o que me pediam. E gritavam: "Isto é rotina. Tornou-se muito banal!"

— Como são estúpidos!

— Sim, vá lá alguém chamá-los à razão... Felizmente, nosso chefe...

O diabo levantou-se respeitosamente e seu rosto adquiriu uma expressão ainda mais desagradável. O homem também fez um gesto covarde para manifestar seu respeito. — Nosso chefe propôs aos pecadores que se martirizassem entre si.

— Uma espécie de autonomia? — perguntou, sorrindo, o dignitário.

— Sim, que quer!... Agora os pecadores quebram a cabeça... e não querem sofrer mais... Vamos, filho, decida.

O outro refletiu confiante no que o diabo lhe perguntava:
— Que me recomendaria?
O diabo franziu as sobrancelhas:
— Não, quanto a isso... não sou de dar conselhos.
— Mas não quero descer ao Inferno.
— Muito bem, será como você deseja. Não é necessário mais do que assinar.
Surgiu diante do dignitário um papel muito sujo, mais parecendo um lenço encardido que um documento importante.
— Assine aqui — e mostrou com sua garra. — Escreva, não, aqui, não. Aqui se assina quando se escolhe o Inferno. Para a morte definitiva é aqui que se deve assinar.
O dignitário, que havia tomado a pena, deixou-a sobre a mesa e suspirou:
— Naturalmente — disse em tom reprovador — para você isso é a mesma coisa, enquanto que para mim... Diga-me, com o que se martirizam lá os pecadores? Com o fogo?
— Sim, com o fogo também — respondeu com fleugma o diabo. — Temos dias de descanso, às vezes...
— Verdade? — exclamou com alegria o homem.
— Sim, os domingos e dias festivos são de descanso. Além disso, introduzimos a semana inglesa: aos sábados, não se trabalha mais do que das dez ao meio-dia...
— Vamos, vamos! E no Natal?
— No Natal, o mesmo que na Páscoa, dão-se três dias de liberdade. Salvo essas recomendações, dá-se um mês de férias no verão.
— Vamos, isso é liberal! — exclamou o outro com alegria.
— Não o esperava... Mas diga, na realidade, aquilo é mau, mesmo, assim, como se diz, mau, mau?...
— Tolice... — respondeu o diabo.
O dignitário teve um sentimento de vergonha. O diabo estava visivelmente de mau humor; provavelmente não tinha

dormido aquela noite, ou estava mortalmente aborrecido com tudo aquilo: do dignitário morrendo, do nada, da vida eterna...
O dignitário viu barro na perna direita do diabo.
— Não são muito limpos... — pensou ele.
E em voz alta:
— Então, é o nada?
— O nada — repetiu o diabo como um eco.
— Ou a vida eterna?
— Ou a vida eterna.
O homem pôs-se a refletir. No cômodo vizinho já tinham terminado o serviço fúnebre em sua honra e ele continuava refletindo. E os que o viam em seu leito mortuário, com seu rosto grave e severo, não adivinhavam que estranhos pensamentos lhe atravessavam o cérebro frio. Tampouco viam o diabo. Fluía o incenso, círios ardiam.
— A vida eterna — disse o diabo pensativo, fechando os olhos. — Recomendaram-me muitas vezes que explicasse o que isso representava. Creio que não me expresso com desembaraço, e o que esses idiotas podem compreender?
— É de mim que está falando?
— Não somente de você... Falo genericamente. Quando se pensa em tudo isso...
Fez um gesto de desespero. O dignitário tentou manifestar sua compaixão:
— Compreendo... É um ofício penoso e sujo, e se eu pudesse...
Mas o diabo aborreceu-se:
— É melhor não tocar na minha vida pessoal ou me verei obrigado a enviá-lo ao chefe! Apresenta-se uma questão e tem de responder: o nada ou a vida eterna?
Mas o dignitário continuava refletindo e não podia decidir-se. Talvez porque seu cérebro começava a abismar-se ou porque nunca o tivera sólido. Inclinava-se para a vida eterna. "Que é o sofrimento?", perguntava a si mesmo. Não tinha sido a sua vida

um incessante sofrimento? E, acima de tudo, amava a vida. Não temia os sofrimentos. Mas o seu coração cansado pedia repouso absoluto, total...

Foi nesse momento que o conduziram para o cemitério. Às portas do departamento do qual havia sido diretor, deteve-se o cortejo e os sacerdotes deram início a um ofício religioso. Chovia e todos abriram os guarda-chuvas. A água caía a cântaros dos guarda-chuvas, corria pelo solo e formava charcos no pavimento.

"Meu coração está cansado até de alegrias", continuava, refletindo, o dignitário, que conduziam ao cemitério. "Não pede mais do que repouso eterno. Quiçá seja demasiado estreito meu coração, mas estou terrivelmente cansado."

E estava decidido pelo nada, pela morte definitiva. Recordara-se de um breve episódio. Foi antes de cair doente. Tinha visita em sua casa, conversavam, riam. Ele também ria muito, às vezes até chorava de tanto riso. E foi exatamente no momento em que se julgava mais feliz que sentiu de repente um desejo irresistível de ficar só. E para satisfazer esse desejo escondeu-se, como um menino que teme o castigo, num cantinho.

— Despache-se! — gritou-lhe o diabo, desgostoso. — O fim se aproxima!

Fez mal em pronunciar aquelas palavras: o dignitário quase se havia decidido pela morte definitiva, mas a palavra "fim" espantou-o e experimentou um desejo irresistível de prolongar sua vida a qualquer preço. Não compreendendo mais nada, perdia-se já em suas ponderações; não conseguiria tomar a decisão fatal e deixou a solução para o Destino.

— Posso assinar com os olhos fechados? — perguntou, timidamente.

O diabo lançou um olhar confuso e resmungou:
— Sempre tolices!

Provavelmente a escolha fatigara-o. Refletiu um instante, suspirou e pôs de novo diante do dignitário o pequeno papel, que mais parecia um lenço sujo que um documento de importância.

O outro pegou a pena, sacudiu a tinta, fechou os olhos, pôs o dedo sobre o papel e... só no último momento, quando havia assinado, abriu um olho e examinou:

— Ah! que fiz! — gritou com horror, atirando a pena.

— Ah! — respondeu como um eco o diabo.

As paredes repetiram a exclamação. O diabo, caminhando, pôs-se a rir. E quanto mais se distanciava, mais ruidoso se tomava o seu riso, semelhante a uma seqüência de trovões...

Nesse momento, procedeu-se ao enterro do alto dignitário. Os pedaços de terra úmida caíam, pesadamente, com ruído sonoro, sobre a tampa do ataúde. Dir-se-ia que este estava vazio, que não havia ninguém dentro, tão sonoro era aquele ruído.

O grande *slam*

Três vezes por semana — às terças, quintas e sábados — eles jogavam. O domingo seria excelente para isso, mas queriam aproveitá-lo para certas distrações ou deveres que lhes impunha a sociedade, como ir ao teatro ou fazer visitas. Daí ser considerado o dia mais estúpido de todos. Entretanto, quando estavam no campo, aproveitavam também o domingo para o jogo. Os parceiros eram o corpulento e irascível Maslenikov, Jacob Ivanovitch, Eufrásia Vassilievna e seu imponentíssimo irmão Procópio. Essa combinação fora estabelecida seis anos antes e Eufrásia Vassilievna insistira sempre para que se mantivesse assim: se jogasse contra o irmão, a partida não oferecia o mínimo interesse, nem para ela, nem para ele, visto que os lucros de um se equilibrariam com os prejuízos do outro. Embora nenhum deles necessitasse de dinheiro, ela não compreendia que se pegasse nas cartas só pelo prazer do jogo; e a verdade é que se sentia satisfeita quando eram eles que ganhavam. Esses proventos, guardados numa caixa especial, pareciam-lhe mais preciosos e importantes do que as somas graúdas com que pagava a renda da casa e as despesas domésticas.

Encontravam-se todos os quatro no apartamento confortável de Procópio, que ocupava um andar amplo com a irmã (sem falar no gato branco, que dormia sempre em cima de uma poltrona). Dessa maneira tinham a certeza de não serem incomodados por estranhos e de obterem o sossego necessário para o jogo. O dono da casa era viúvo; perdera a mulher no segundo ano de casado e estivera dois meses, depois disso, num hospital de doenças nervosas. Eufrásia conservava-se solteira, embora tivesse namorado um estudante há muito tempo. Ninguém sabia — e ela, naturalmente, esquecera já — qual o motivo por que não houvera casamento. Contudo, quando da festa anual em benefício dos estudantes pobres, nunca deixara de enviar à respectiva comissão a quantia de cem rublos, acompanhada de um bilhete que assinava, "Um Anônimo". Era a mais nova dos quatro jogadores: contava quarenta e três anos.

O mais velho de todos, Maslenikov, aborreceu-se, a princípio, com aquele arranjo dos parceiros, pois se via obrigado, assim, a jogar sempre com Jacob, ou melhor, a renunciar ao seu sonho do grande *slam* sem trunfo[10]. Sob todos os aspectos, bem se podia dizer que esses dois homens não se coadunavam nada um com o outro. Jacob era um velhinho seco, silencioso e solene, que até em pleno verão usava sobretudo e meias de lã. Chegava sempre às oito horas (nem um minuto antes, nem um minuto depois) e pegava logo no lápis. Muito largo num dos dedos, movia-se um anel, onde brilhava um diamante enorme. O que nele havia de mais detestável, na opinião do seu parceiro, era o fato de nunca comprometer-se com nada mais importante que quatro vazas, mesmo que tivesse boa mão e a vitória garantida. Aconteceu uma vez que Jacob começou com o seu processo cauteloso e Maslenikov, irritado, atirou as cartas na mesa; o velhote, muito sossegadamente, apanhou-as e foi marcando os pontos necessários para fazer as quatro vazas.

— Desisto do grande *slam*! — bradou Maslenikov.

— Nunca vou além disso — replicou, secamente, o interpelado.

---

[10] O jogo a que se refere Andreiev é o *bridge*. O grande *slam* sem trunfo é a jogada máxima.

E acrescentou, à guisa de explicação:

— Nunca se sabe o que pode suceder.

Maslenikov jamais conseguiu convencê-lo. Seu jogo era sempre ousado mas, como tinha pouca sorte, perdia, sem no entanto se desesperar, pensando desforrar-se, invariavelmente, na próxima partida. Com o decorrer do tempo foram se habituando um com o outro e deixaram de fazer recíprocas observações. Maslenikov arriscava-se, como de costume; Jacob tomava nota das vazas perdidas e mantinha o seu sistema.

Assim se entretinham no verão e no inverno, na primavera e no outono. O mundo continuava a sua existência, ora alegre, ora triste, e seguia o seu curso, através do espaço, entre gargalhadas e gemidos, alegrias e sofrimentos. Dessas ocorrências da vida alheia Maslenikov trazia, às vezes, até o conhecimento dos outros, um eco do que se passava lá fora. Outras, fazia esperar os amigos: chegava atrasado quando eles já estavam sentados à mesa, com as cartas abertas em leque sobre o pano verde.

Maslenikov, de faces coradas, irradiando da sua pessoa a frescura do ar livre, tomava, às pressas, o seu lugar em frente de Jacob e, desculpando-se, dizia:

— Que porção de gente pelas ruas! Todos num vaivém sem destino...

Eufrásia Vassilievna considerava seu dever de dona de casa não prestar grande atenção às singularidades dos convidados. Limitava-se a responder, enquanto o velhote seco, solene e silencioso preparava o lápis e o irmão dava alguns retoques no serviço de chá:

— O tempo parece estar bonito. Mas... não seria melhor começarmos?

E começavam. A sala pomposa permanecia calma; todos os sons morriam abafados nos pesados reposteiros e na espessura dos tapetes e dos estofos. Sobre o atapetado perdiam-se, sem ruído, os passos da criada ao distribuir as xícaras de chá muito forte; mal se ouvia o rumor de sua saia engomada, ou o riscar do lápis de Jacob, ou algum suspiro de Maslenikov. A xícara deste ficava numa mesa à parte, com um chá mais fraco, que ele bebia sempre pelo pires.

No inverno, Maslenikov observava que a temperatura, de manhã, fora muito fria, e que, naquele momento, estava mais agradável. No verão, comentava:

— Vi muita gente, com os seus cestos, a caminho do campo...

Eufrásia acolhia essas frases com benevolência. Se jogavam na varanda, nos meses de calor, era seu hábito perguntar, mesmo que nenhuma nuvem toldasse o firmamento:

— Parece-lhes que irá chover?

O velhote seco pegava as cartas com solenidade e, conforme o que lhe vinha à mão, assim se convencia mais ou menos da frivolidade incorrigível do parceiro. Certo dia, Maslenikov alarmou extraordinariamente o grupo. Por mais de uma vez referiu-se ao caso Dreyfus, chegando a declarar[11]:

— Aquilo vai de mal a pior.

Daí a pouco, riu e observou que a sentença injusta seria decerto anulada. Por fim, exibiu um jornal e leu um artigo, ainda sobre o mesmo assunto.

— Já acabou? — inquiriu Jacob, escandalizado.

Mas o outro não ouviu e continuou a leitura. Assim, Maslenikov conduziu os amigos, nessa ocasião, a discutir o caso,

---

[11] "Caso Dreyfus" é a designação sob a qual se reúnem o processo instaurado contra um oficial francês, chamado Alfredo Dreyfus, e os numerosos incidentes que a ele se ligam. O capitão Dreyfus, nascido em Mulhouse em 1859, pertencia à religião judaica. Sendo capitão de artilharia, adido ao Estado-maior, foi acusado de ser o autor de uma carta sem assinatura, nem data, que foi colhida no Ministério da Guerra, em setembro de 1894, anunciando a um agente estrangeiro a remessa de quatro notas do projeto manual de tiro de campanha. Preso em dezembro desse ano, o capitão Dreyfus foi julgado em audiência secreta por um conselho de guerra francês que, por unanimidade, o condenou à deportação e à degradação militar.

A revisão do processo e os debates que se travaram em torno dele movimentaram a opinião pública mundial. Em 1906 o capitão Dreyfus foi julgado inocente e a condenação, anulada.

originando-se rápida disputa. Eufrásia Vassilievna recusava-se a aceitar as formalidades do processo e queria que o condenado fosse, sem mais nem menos, absolvido. Jacob e o irmão dela afirmavam que se tornaria necessário proceder primeiro a certas exigências legais, antes de conceder a absolvição. O velhote seco, porém, recaiu em si. Foi o primeiro a lembrar-se do jogo e indagou:

— Não acham que é tempo de começar?

Prepararam-se para jogar e, dissesse o que dissesse Maslenikov a respeito de Dreyfus, não encontrou da parte dos outros senão silêncio obstinado.

Assim se entretinham no verão e no inverno, na primavera e no outono. Vez por outra havia algum incidente engraçado, como naquela partida em que o irmão de Eufrásia se esqueceu do que a parceira havia marcado e não fez a vaza, quando a coisa estava de antemão assegurada. Maslenikov riu com vontade e exagerou o valor do prejuízo sofrido.

Quando Eufrásia Vassilievna tinha muito bom jogo, produzia-se no grupo uma grande excitação. Ela própria ficava corada, desnorteava-se, não sabia onde pôr as cartas e olhava suplicante para o irmão, que se conservava calado; os outros dois, com a mais cavalheiresca das simpatias pela fragilidade feminina, animavam-na com sorrisos condescendentes, enquanto esperavam impacientemente o resultado. Mas em geral, quando jogavam, permaneciam sérios, pensativos. Para eles, as cartas tinham há muito perdido o seu caráter inanimado — adquiriam personalidade e independência; tinham, por assim dizer, vida própria. Ora gostavam eles de uns naipes, ora de outros; estes davam sorte, aqueles não, era como se as cartas fugissem ao domínio dos jogadores, subtraindo-se ao desejo deles, tornando-se livres, insubmissas; tinha-se a ilusão de que satisfaziam a vontade delas próprias e não a de seus detentores; era como se possuíssem gostos, preferências e caprichos. Jacob recebia quase sempre copas, e a Eufrásia Vassilievna cabiam espadas, coisa que ela detestava. Em outros momentos, parecia que elas se divertiam à custa dos jogadores.

Maslenikov não recebia nenhuma delas em especial: as cartas, nas mãos desse homem, eram como hóspedes de passagem num hotel: iam e vinham com indiferença... Durante uma semana, por exemplo, só lhe acertaram valetes e ternos, que lhe surgiam com ar insolente e motejador. Maslenikov estava convencido de que nunca faria o grande *slam*, pelo fato de as cartas desconfiarem da sua ambição e lhe virem parar às mãos já com o propósito de o desiludir. Debalde, pedia ele, no início; elas percebiam o estratagema e, quando Maslenikov verificava o jogo, dir-se-ia, por exemplo, que três damas lhe sorriam e que o rei de espadas, que elas haviam trazido na sua companhia, lhe piscava o olho, malicioso.

Eufrásia Vassilievna não aprofundava tanto a natureza misteriosa das cartas.

Jacob, que há muito compusera a sua atitude grave e filosófica, jamais se surpreendia ou se encolerizava. Revestira, contra a sorte aziaga, aquela armadura que era a sua norma: nunca ir além de quatro apostas. Era, pois, Maslenikov quem se preocupava e se afligia com o caráter caprichoso e a inconseqüência irônica das cartas. Quando estava deitado na cama, ainda voltava a pensar no seu ambicionado grande *slam* sem trunfo e achava a coisa fácil e possível: um ás, depois outro ás... Mas quando, cheio de esperança, se sentava a jogar na noite seguinte, as malditas três damas mais uma vez lhe surgiam, arreganhando os dentes... Havia nisso algo de fatal e enigmático. Pouco a pouco, a grande seqüência se tornou o sonho máximo de Maslenikov.

Outros acontecimentos se produziram, os quais nada tinham a ver com as cartas. O corpulento gato branco de Eufrásia Vassilievna morreu de velhice e foi, com permissão do senhorio, enterrado no quintal do prédio.

Maslenikov mais uma vez desapareceu, agora por duas semanas. Não contente com isso, ausentou-se por outra semana ainda, e ninguém sabia o que pensar de semelhante comportamento, nem que resolução tomar, uma vez que o jogo com três pessoas era contrário aos hábitos daqueles jogadores e considerado sem graça.

Quando Maslenikov reapareceu, notaram-lhe no rosto (outrora corado, tão em contraste com o tom grisalho do cabelo) certa palidez que um pouco de magreza mais fazia ressaltar. Declarou que o filho mais velho fora preso por qualquer coisa e conduzido para S. Petersburgo. Os outros ficaram surpresos, ignoravam que Maslenikov tivesse filhos; naturalmente ele, certa vez, fizera alguma alusão ao fato, mas a verdade é que os amigos já se haviam esquecido. Em seguida, ausentou-se novamente esse homem incorrigível, faltando num sábado, que era o dia em que jogavam mais. E souberam, também com espanto, que Maslenikov sofria, de longa data, do coração, e que, naquele sábado, ficara retido em casa por causa de um ataque cardíaco.

Sentaram-se, finalmente, todos os quatro, dispostos a recomeçar as partidas. O próprio Maslenikov, antes cheio de interrupções inoportunas, raras vezes conversava, agora. Só se ouvia o ruge-ruge das saias da criada, enquanto na sala pomposa as cartas macias iam escorregando entre os dedos e vivendo a sua existência repleta de silêncio e mistério, alheias à vida dos que jogavam com elas. Para Maslenikov, continuavam a ser esquivas, se não maliciosas e trocistas; dir-se-ia haver algo de fatalista no baralho.

Numa quinta-feira, 26 de novembro, produziu-se, enfim, nas cartas, uma alteração extraordinária. Mal haviam começado o jogo e já Maslenikov obtinha a seqüência, fazendo não só as vazas prometidas, mas ainda um pequeno *slam*, quando Jacob Ivanovitch exibiu um ás com o qual o parceiro não contava. Depois, durante certo tempo, foram aparecendo as damas de costume, mas, de certa altura em diante, vieram naipes completos, como se cada um deles estivesse ansioso para tomar parte, por sua vez, na alegria de Maslenikov.

Dessa forma ganhou ele, jogo após jogo, as apostas da mesa, para grande surpresa dos outros e até do próprio Jacob. A excitação de Maslenikov comunicou-se aos amigos: as cartas deslizavam-lhe rápidas nos dedos gordos e suados, cujos nós tinham rugas salientes.

— Você hoje está com sorte! — observou, com ar grave, o irmão de Eufrásia Vassilievna.

Não acreditava, no entanto, na duração daquela súbita reviravolta. Por experiência própria sabia que o desastre não havia de tardar.

A dona da casa, intimamente, regozijava-se com o fato de Maslenikov ter boas cartas ao menos uma vez na vida, e como o irmão formulasse as suas dúvidas, ela simulou cuspir de lado, a fim de conjurar a profecia.

Durante minutos o jogo pareceu incerto.

Às mãos de Maslenikov foram parar uns valetes, que se mostraram com ar culpado; depois, rapidamente, surgiram ases, damas e reis. O afortunado mal tinha tempo de reunir as cartas e de falar. Quando era ele a dá-las, enganava-se com freqüência. A felicidade bafejava-o; no entanto, o parceiro mantinha-se prudente. O espanto deste último dera lugar à descrença naquela inesperada alteração da sorte e mais de uma vez lembrou a Maslenikov a sua norma fixa de não ir além das quatro apostas.

Ele estava, agora, corado e anelante. O outro irritava-o. De maneira que, sem hesitar, começou a fazer promessas audaciosas, convencido de que teria todas as cartas de que necessitava.

Chegou a vez de ser Procópio a distribuí-las.

Maslenikov verificou as suas, sentiu um baque no coração e a cabeça girar-lhe à roda. Ante os olhos lhe passou uma nuvem. Tinha na mão o dez, o valete e a dama de espadas, e ainda o ás e o rei de ouros. Se tirasse o ás e o rei de espadas ficava apto a fazer o grande *slam*!

— Duas — começou ele, dominando a custo a perturbação da voz.

— Três — replicou Eufrásia Vasilievna, que estava também excitadíssima, pois tinha quase todas as espadas, incluindo o rei.

— Quatro — prometeu secamente Jacob.

Maslenikov declarou, a seguir, uma pequena seqüência, mas Eufrásia, fora de si, não quis renunciar e, embora soubesse muito bem que não tinha probabilidades, falou logo em grande *slam* de espadas. Maslenikov hesitou alguns segundos e, depois, em tom que se afigurou a todos vitorioso, mas que era só para iludir a desconfiança, pronunciou devagar:

— Grande *slam*!

Maslenikov ia fazer o seu grande *slam*! A seguida máxima, composta de um dez, um duque, uma dama, um rei e um ás, todos do mesmo naipe. Os parceiros olharam assombrados e o irmão da dona da casa exclamou!

— Oh!

Então Maslenikov estendeu a mão para o baralho, mas esta tremeu e derrubou uma vela. Eufrásia apanhou-a e ele, por instantes, ficou hirto, imóvel, com as cartas em cima da mesa. De repente ergueu as mãos e tombou lentamente para o lado esquerdo. Na queda, arrastou com ele a mesinha na qual estava o pires com o chá.

Quando o médico chegou, disse que Maslenikov morrera de síncope cardíaca e, para consolar os outros, acrescentou que o infeliz não devia ter sofrido nada.

Deitaram o morto num divã, na mesma sala em que tinham estado a jogar, e o cobriram com um lençol. O cadáver apresentava aspecto aterrador. Dobrado para uma banda, um dos pés ficara descoberto, parecendo não lhe pertencer: era como se fosse de outra pessoa. Na sola da bota preta, quase nova, tinha aderido um pedaço de folha de estanho, dessas com que se embrulham chocolates. A mesa do jogo permanecia como eles a haviam deixado, com as cartas espalhadas e voltadas para baixo; só as de Maslenikov é que estavam em monte, tal qual ele as tinha posto.

Jacob começou a andar para cá e para lá na sala, em passos miúdos e incertos, fazendo o possível para não olhar o defunto, nem pisar o soalho fora do tapete, receando fazer barulho. Ao aproximar-se, numa das vezes, da mesa do jogo, pegou cuidadosamente as cartas do seu falecido parceiro, examinou-as e colocou-as outra vez no mesmo lugar. Depois verificou o baralho e encontrou logo o ás de espadas, a carta de que Maslenikov precisava para o seu grande *slam*.

Jacob deu mais uns passos sobre o tapete e depois foi à sala contígua. Abotoou o sobretudo até o pescoço e derramou algumas lágrimas de comiseração pelo pobre morto.

Fechando os olhos, procurou recordar-se de como era a cara de Maslenikov nos seus dias de bom humor, quando ria, satisfeito, pelas vitórias alcançadas. Comoveu-o em especial a lembrança daquele desejo não realizado do grande *slam*, e pôs-se a recapitular as várias jogadas dessa noite, desde a vaza de ouros que o parceiro fizera até esse fluxo contínuo de cartas boas, que lhe pareceram, aliás, prenunciadoras de mau desfecho! Agora, Maslenikov não era deste mundo; morrera precisamente quando ia fazer um grande *slam*, com a entrada do ás e do rei de espadas!

Então uma idéia, terrível na sua simplicidade, fez estremecer o corpo seco de Jacob e obrigou-o a pular na cadeira. Volveu os olhos ao redor, como se o pensamento não lhe tivesse vindo do próprio cérebro mas tivesse sido inspirado por outrem, e disse em voz alta:

— Mas afinal, ele nem chegou a saber que o ás estava no baralho e que o grande *slam* era coisa garantida. E já não pode sabê-lo!

E só nesse momento é que Jacob se compenetrou do que significava, realmente, não existir! Compreendeu o que era a morte e a coisa lhe pareceu tenebrosa. Não chegar a saber nunca! Ainda que fosse gritar nos ouvidos de Maslenikov e meter-lhe as cartas pelos olhos adentro, nem assim ele perceberia nada — porque estava morto! Mais um pequenino gesto, mais um segundo de vida, e Maslenikov teria visto o ás e o rei e sabido que obtivera, de fato, a grande seqüência. Mas sucedera aquela desgraça sem remédio, e o jogador não conhecera a sua sorte, não soubera quanto fora afortunado — nunca o saberia!

— Nunca! Nunca! — repetia Jacob Ivanovitch, soletrando a palavra, a fim de lhe apreender melhor o significado.

A palavra existia, sim, e tinha significado, mas era tão estranha e tão amarga que Jacob se deixou cair outra vez numa cadeira e recomeçou a chorar. Lastimava o amigo, por haver morrido na ignorância, e a si mesmo e aos outros pela possibilidade de lhes poder suceder coisa análoga. Enquanto pranteava o morto, imaginava que estava a jogar com ele, fazendo apostas até treze e calculando quanto deviam ter ganho — coisa que Maslenikov ignoraria também por toda a eternidade! Foi a primeira e única vez que Jacob pôs de lado a sua norma das apostas: apenas, e em pensamento, jogou um grande *slam* em honra do amigo.

— E você, Jacob? — perguntou Eufrásia Vassilievna, entrando ali.

Afundou-se numa poltrona ao lado dele e rompeu em pranto.

— Que horrível! Que horrível!

Olharam-se demoradamente e choraram em silêncio, lembrando-se de que na sala ao lado, sobre o divã, jazia o cadáver de um homem — corpo frio, pesado, silencioso.

— Mandou prevenir a família? — inquiriu Jacob, assoando-se com violência.

— Sim, meu irmão e Anuchka já partiram, mas não sei se encontrarão a casa, pois não temos o endereço.

— Não morava na mesma do ano passado?

— Não, tinha se mudado. Diz Anuchka que ele costumava mandar o carro seguir para qualquer parte da avenida Novenski.

— Talvez descubram através da polícia — voltou o velhote seco, para a consolar. — Creio que era casado, não era?

Eufrásia Vassilievna esgazeou os olhos para Jacob e não respondeu. A ele afigurou-se que nesse olhar se refletia o seu próprio pensamento — certa idéia que lhe atravessara a mente naquele instante. Tornou a assoar-se, meteu o lenço na algibeira do sobretudo e indagou, com ar apreensivo:

— Onde arranjaremos agora um quarto jogador?

Mas Eufrásia Vassilievna, absorvida por pensamentos de outra natureza, relacionados com a sua qualidade de mulher, já não ouviu o que ele lhe dissera. Depois de curtos minutos inquiriu, por sua vez:

— E você, Jacob, ainda mora no mesmo lugar?

Válio

Válio, sentado à mesa, estava lendo. O livro era grande, quase da metade do corpo de Válio, com enormes letras negras e desenhos que ocupavam páginas inteiras. Válio, para ver a linha superior, tinha de esticar o pescoço e, por vezes, ajoelhar-se na cadeira. Com o seu dedinho procurava reter as letras, porque elas se perdiam entre outras tantas e se tornava difícil encontrá-las. Graças a certas circunstâncias, não previstas pelos editores, a leitura e o interesse pelo conteúdo faziam que o menino avançasse lentamente. A história girava em torno de um jovem forte, chamado Bova, que pegava outros meninos pelos braços e pelas pernas e os separava do corpo. Isso era terrível e ao mesmo tempo engraçado. Válio viajava com o espírito pelo livro, muito emocionado e impaciente para saber como aquilo terminaria. Sua leitura foi interrompida pela entrada da mãe e de outra mulher, que lhe era desconhecida.

— Ei-lo! — disse a mãe, cujos olhos estavam banhados de lágrimas e ao mesmo tempo apertava entre as mãos um pano branco.

— Válio, meu filho! — exclamou a recém-chegada, abraçando-o e cobrindo de beijos suas faces e seus olhos, apertando-o fortemente contra seus lábios miúdos e duros.

Ela não sabia acariciar; os beijos de sua mãe eram sempre doces, efusivos, enquanto os daquela mulher o incomodavam com tanto carinho.

Vália aceitou-os, aborrecido. Desgostava-o sobremaneira, ter interrompido leitura tão interessante; porém, aquela estranha, alta e fina, de dedos magros, sem anéis, não lhe agradou. Desprendia-se dela odor desagradável, odor de umidade ou de algo podre, enquanto a mãe exalava sempre perfumes delicados.

Finalmente, aquela mulher deixou-o tranqüilo e ele enxugou os lábios, enquanto ela o examinava com um olhar rápido, como se quisesse fotografá-lo. O nariz chato, as sobrancelhas espessas que lhe cobriam os olhos, e todo seu aspecto sério e grave recordavam algo de uma mulher que desanda a chorar. Não chorava como sua mãe: o rosto dela permanecia imóvel e somente as lágrimas corriam com rapidez, uma após outra, como se rivalizassem numa corrida.

Enxugando os olhos, perguntou:

— Vália, não me conheces?

— Não.

— Eu vim ver-te duas vezes. Não te lembras?

Talvez ela tivesse vindo duas vezes, ou quem sabe nunca estivera ali. Vália ignorava-o. Para ele não tinha nenhuma importância que houvesse vindo ou não aquela mulher desconhecida. Impedia a leitura com perguntas tolas:

— Sou tua mãe, Vália!

Surpreendido, procurou a mãe com o olhar, mas não a encontrou.

— É possível possuir duas mães?

A mulher riu e aquele riso não agradou Vália. Percebia-se, claramente, que não tinha desejo de rir e fazia-o de propósito, para enganá-lo.

Calaram-se durante minutos.

— Sabes ler? Isso é bom.

Ele não respondeu.

— Que lês?

— A história do rei Bova! — respondeu com dignidade e respeito pelo livro.

— Ah! Isso deve ser muito interessante! Conta-me essa história, peço-te — solicitou humildemente a recém-chegada.

Havia algo fingido naquela voz, à qual procurava dar notas doces de mãe, porém elas saíam agudas e desagradáveis. Havia qualquer coisa falsa em todos os seus movimentos. Acomodou-se na cadeira e esticou o pescoço para ouvir Vália. Todavia, quando este, de má vontade, se pôs a contar a história, ela mergulhou nos próprios pensamentos e ficou sombria como uma lamparina apagada. Vália ofendeu-se por ele e pelo rei Bova. Querendo demonstrar gentileza, terminou a história apressadamente.

— É tudo! — disse.

— Pois bem, até a vista, meu amado nenê — despediu-se a estranha, apertando os lábios contra o rosto de Vália.

— Logo voltarei. Ficarás satisfeito se eu voltar?

— Sim... Volta se quiseres — respondeu com amabilidade, na esperança de que se fosse.

Saiu. Vália, assim que encontrou no livro a linha onde havia parado, viu a mãe entrar. Olhou-o e pôs-se a chorar. Que a outra mulher chorasse era compreensível: provavelmente lamentava ser tão desgraçada e enjoada, mas por que mamãe chorava também?

— Ouve-me — disse-lhe com ar pensativo. — Aquela mulher me aborreceu terrivelmente. Disse que era minha mãe. Como se alguém tivesse duas mães ao mesmo tempo!

— Não, querido, ela disse toda a verdade: é tua verdadeira mãe.

— E tu, então, o que és?

— Sou tua tia.

Foi um descobrimento inesperado. Vália recebeu com indiferença imperturbável a revelação: se ela se empenhava em ser tia, por que não? Dava na mesma. As palavras não tinham para ele a mesma importância que para as pessoas adultas. Mas sua ex-mamãe não o compreendia, e pôs-se a explicar como antes era a sua mãe e agora não era mais que sua tia.

— Faz muito tempo, muito tempo, quando tu eras muito pequeno...
— Assim — e levantou a mão vinte centímetros da mesa.
— Não, menor.
— Como nosso gatinho? — perguntou o menino com alegria.

Falava de seu gato branco, que lhe deram de presente e era tão pequeno que cabia facilmente, com as quatro patinhas, num pires.

— Sim.

Teve um sorriso feliz, enquanto tomava um ar grave e condescendente de homem que recorda as faltas de sua juventude e observou:

— Eu devia ser muito engraçado.

Pois bem, quando ele era pequeno e engraçado como o gatinho, aquela mulher levara-o para a casa dela e tomou-o para sempre... como a um gatinho. E agora, quando já era grande e inteligente, queriam reavê-lo.

— Queres ir para a tua casa? — perguntou-lhe a ex-mamãe.

E demonstrou grande satisfação quando Vál   declarou, resoluto e grave:

— Não, não quero.

Válla acreditava que o incidente havia terminado, mas enganou-se. Aquela estranha mulher, de rosto lívido como se lhe tivessem chupado todo o sangue, chegada não se sabe de onde e logo desaparecida, perturbou toda a casa, expulsou a tranqüilidade e encheu-a de angústia. A ex-mamãe chorava freqüentemente e perguntava se Válla a abandonaria, o ex-papai passava sem cessar a mão pelo crânio calvo, levantando seus cabelos brancos, e quando a mãe não se encontrava ali, perguntavam se desejava ir para a casa dela.

Uma noite, quando Válla estava na cama sem ter adormecido, o ex-papai e a ex-mamãe falavam dele e daquela desconhecida. O ex-papai, em voz baixa, fazendo tremular os vidros azuis e vermelhos do lustre:

— Estás dizendo tolices, Nastácia! Não temos obrigação de devolver o menino. Em seu próprio interesse, não temos obrigação. Não se sabe de que vive essa mulher desde que foi abandonada por... aquele... por fim, eu te digo que o menino morreria lá, fora do ambiente em que foi criado.

— Porém ela o ama, Krischa.

— E nós não o amamos? Ponderas de maneira esquisita, Nastácia. Tudo faz crer que desejas desembaraçar-te do menino!

— Não te envergonhas de dizer isso?

— Peço-te perdão. Reflete friamente, tranqüilamente. Uma mulher qualquer põe no mundo um menino e para se livrar dele o entrega a outrem; depois volta e declara: "Já que o meu noivo me abandonou, aborreço-me e desejo agora reaver meu filho. Como não tenho muito dinheiro para freqüentar teatros e concertos, vou divertir-me com o meu filho". Não, de jeito nenhum. Enganas-te, ela não o terá!

— Esqueces, Krischa: sabes muito bem que ela está doente, abandonada por todos...

— Ah! Nastácia! Um santo perderia a paciência contigo! Esqueces de que se trata do futuro do menino. Que importa a ela que seja um homem honrado ou que se torne um canalha? Estou certo de que na casa dessa mulher ele se tornará um desonesto, um ladrão, um canalha... um canalha...

— Krischa!

— Não, não, te suplico. Tens sempre prazer em dizer asneiras. "Está abandonada por todos..." E nós, por acaso, não estamos sós? Não, não tens razão! Por que diabo me casei contigo? Faria por acaso falta um marido...

A mulher pôs-se a chorar. O marido pediu perdão, demonstrando-lhe que ela seria idiota como um asno se fosse fazer caso das palavras de um bobo como ele. Pouco a pouco ela tranqüilizou-se e perguntou:

— E o que diz Talonski?

Ele demonstrou novamente seu dissabor:

— Não te havia dito que é inteligente? Sabes o que declarou? Que tudo depende do ponto de vista do Tribunal... Vale por um descobrimento! Como se nós não soubéssemos, sem ele.

— Que tudo dependeria de um Tribunal! Naturalmente ele não tem muito a perder: pronunciará um discurso diante dos juízes e até a vista... Ah, se eu tivesse autoridade, ajustaria bem as contas com todos esses advogados!

Nesse ponto da conversação mamãe fechou a porta do corredor e Vália não ouviu o fim. Permaneceu por muito tempo sem dormir, em seu leito, revolvendo a cabeça para compreender quem era aquela mulher desconhecida que queria levá-lo e perdê-lo.

No dia seguinte esperou a manhã inteira até que a tia — assim chamava agora a ex-mamãe — perguntasse se queria ir para a casa da outra. Contudo, não perguntou. Tampouco o tio lhe perguntou. Ambos olhavam para Vál..ia como se estivesse gravemente doente e em vésperas de morrer, acariciando-o e comprando-lhe grandes livros com estampas coloridas.

A mulher não veio, entretanto. Vália tinha a impressão de que o estavam espiando por detrás da porta e, quando atravessasse o umbral, ela o pegaria e o levaria para um lugar escuro e horrível, povoado de monstruosos véus que lançavam fogo. Durante a noite, quando o ex-papai trabalhava em seus papéis e a ex-mamãe em serviços domésticos, Vália lia seus livros, nos quais as linhas se tornaram menores e menos espaçadas. Reinava um silêncio que cortava o ruído das páginas folheadas ou a tosse do ex-papai, que chegava de seu quarto. A lâmpada com seu quebra-luz projetava a claridade sobre o tapete de veludo, porém o alto da habitação permanecia envolto nas trevas misteriosas. Ali, naqueles altos, havia grandes vasos de flores e raízes fantásticas, que trepavam e se assemelhavam a serpentes lutando umas contra as outras. Para Vália parecia que entre elas se movia alguma coisa grande e negra.

Continuava lendo. Ante seus olhos passavam belas imagens tristes, que evocavam a piedade e o amor, mas ainda com mais freqüência, o medo. Vália compadecia-se da pobre fada do mar, que amava o formoso príncipe e que abandonou por ele as irmãs e o oceano profundo e tranqüilo, mas o príncipe não sabia nada daquele amor, porque a fada do mar era muda, e se casou com uma alegre princesa. Festejava-se o casamento; a música tocava no interior do batel e todas as janelas estavam profusamente iluminadas quando a pequena fada do mar se arrojou, buscando a morte, nas ondas obscuras e frias. Infeliz fada do mar, tão doce, tão triste e tão boazinha!...

Mas com mais freqüência ainda Vália enxergava os homens monstruosos e horrivelmente maus. Voavam até alguma parte, na noite negra, com suas asas agudas; o vento silvava sobre suas cabeças, e seus olhos brilhavam como carvões incandescentes. Rodeavam outros monstros e passava-se algo medonho: um riso cortante, longos gemidos dolorosos, vôos iguais aos dos morcegos, danças selvagens à luz lúgubre das tochas, cujas línguas de fogo estavam envoltas em nuvens negras e vermelhas; sangue humano e cabeças de mortos esbranquiçados com barbas brancas... Tudo isso eram forças tenebrosas e terrivelmente más, que procuravam perder o homem, quais espectros malévolos e misteriosos. Enchiam a atmosfera, escondiam-se entre as flores, murmuravam entre si e atormentavam Vália com seus dedos. Espiavam-no através das portas de um quarto escuro, riam e esperavam que se aproximasse para se atirarem sobre sua cabeça. Olhavam do jardim pelas janelas negras e choravam lamentosamente, como o vento.

E todas essas forças más, terríveis, tomavam a forma da mulher que viera visitá-lo. Em casa, recebiam muitos amigos e Vália não se recordava das feições deles, porém o rosto daquela mulher se lhe gravara na memória. Era largo, delgado, amarelecido como o de um morto, e tinha um sorriso dissimulado que deixava duas rugas profundas nos extremos da boca. Se aquela mulher o abraçasse, Válja, por certo, morreria.

— Ouve — disse uma vez Válja à sua tia, fixando nela o olhar; quando falava, cravava sempre os olhos nos de seu interlocutor. — Ouve, não te chamarei de tia, mas de mamãe, como antes. É uma bobagem que aquela desconhecida seja minha mãe. Minha mãe és tu e não ela.

— Por quê? — perguntou, orgulhosa como uma jovem a quem acabam de dirigir um galanteio.

Ao lado da alegria sentia ela, também, receio por Válja, que se tornara tão arredio, tão tímido... Mostrava-se assustadíssimo e tinha medo de dormir sozinho — o que era contra seus hábitos. Chorava, quase amiúde, durante a noite. Tinha muitos sonhos, também.

— Por quê? — repetiu ela.

— Não te sei explicar. Pergunta ao papai. Ele é que é meu pai e não meu tio — disse, resolutamente.

— Não, meu pequeno Válja, é verdade: aquela mulher é tua mãe.

Válja refletiu um pouco e respondeu, imitando o tio:

— Encontras sempre prazer em dizer tolices!...

Nastácia riu. Contudo, antes de se deitar, conferenciou longamente com o marido, que roncava como um tambor turco, troando contra os advogados e as mulheres que abandonavam os filhos. Em seguida foram ver como dormia Válja. Contemplaram, demoradamente, a criança adormecida. A chama da vela, que Gregório Aristarjovitch levava na mão, oscilava e dava ao rosto do menino, branco como a almofada em que descansava a cabeça, um aspecto fantástico. Parecia que seus olhos negros, de pestanas densas, fixavam severamente e exigiam uma resposta, ameaçando com desgraças, enquanto seus lábios conservavam um sorriso estranho, irônico. Dir-se-ia que espectros misteriosos e malévolos adejavam sem ruído sobre aquela criaturinha.

— Vália — chamou em voz baixa Nastácia, visivelmente assustada.

O menino suspirou profundamente, mas não se moveu, como se estivesse mergulhado num sono de morte.

— Vália! Vália! — repetiu o marido com voz trêmula.

A criança abriu os olhos, fechou-os e voltou a abri-los de novo, e pôs-se de joelhos, pálida e assustada. Lançou seus braços delgados e nus, como um colar de pérolas, ao redor do pescoço de Nastácia, escondendo a cabeça em seu peito, os olhos fechados, sussurrando:

— Tenho medo, mamãe! Não vá embora!

Foi uma noite difícil. Quando Vália conseguiu adormecer, Gregório teve um acesso de asma: afogava-se e seu peito, branco e grosso, subia e descia sob as compressas de gelo. Acalmou-se ali pela madrugada. Nastácia foi dormir com o pensamento de que seu marido não sobreviveria à separação do filho adotivo.

Depois de um conselho de família, em que ficou decidido que Vália devia ler o menos possível e estar em comunicação com outros meninos, a casa encheu-se de crianças. Mas Vália não gostava daqueles meninos brutos, escandalosos, desleixados e mal-educados. Arrancavam as flores, desarrumavam os livros, saltavam por cima das cadeiras, agarravam-se como macacos postos em liberdade. Vália, grave e pensativo, olhava-os, distante, de maneira desagradável; ia para perto de Nastácia e dizia:

— Prefiro ficar contigo! Por que me trazes essa meninada rebelde?

Continuava lendo todas as noites; e quando Gregório Aristarjovitch, furioso por terem entregue ao menino aquelas histórias diabólicas, tratava de tirar-lhe docemente o livro, Vália, sem protestar, apertava firme o livro contra o peito. O outro deixava-o e punha-se a reprovar severamente a mulher:

— É isso a que se chama educar uma criança? Não, Nastácia, estarás melhor educando gatos, não crianças. Nem te atreves a lhe tirar o livro! É muito mimo. Uma grande educadora!

Certa manhã, estando Vália na sala de jantar com Nastácia, entrou Gregório Aristarjovitch como um raio. Trazia o chapéu caído na nuca e o rosto alagado de suor. Do umbral da porta gritou, alegre:

— Ganhamos a batalha!

Os brilhantes da orelha de Nastácia tremeram e ela deixou cair dentro do prato a colher que segurava.

— Mas isso é verdade? — perguntou, sufocada pela emoção.

O marido esboçou um gesto calmo e grande para inspirar maior confiança, mas um instante depois, esqueceu a intenção e pôs-se a rir, manifestando sua alegria. Imediatamente, e compreendendo que o momento era demasiado solene para rir, ficou sério, puxou uma cadeira, colocou o chapéu de lado e aproximou-se, com a cadeira, para perto da mesa. Após olhar severamente a mulher, piscou um olho para Vália, depois é que começou a falar:

— Continuarei afirmando sempre que Talonski é um advogado genial. Esse não dá oportunidade para quês... Oh! não, honorabilíssima Nastácia...

— Então, tudo isso é verdade?

— Tu, sempre cética! Não estou dizendo? O Tribunal recusou a petição de Akimova.

E apontando Vália, acrescentou, em tom oficial:

— E condenaram-na a pagar todas as despesas.

— Ela não me levará mais?

— Creio que não. Ah! Olha, trouxe alguns livros para a tua sede de leitura!

Dirigia-se ao vestíbulo para buscar os livros quando um grito de Nastácia o deteve: Vália estava desmaiado, de emoção, com a cabeça reclinada no encosto da cadeira.

A felicidade reinou de novo naquela casa, como se um doente grave se houvesse restabelecido por completo e todos respirassem aliviados, esperançosos. Vália, agora, não tinha relações com espectros malévolos, e quando os macaquinhos chegavam a vê-lo, era o mais comedido de todos. Até nos folguedos infantis colocava sua seriedade habitual, e quando brincava de pele-vermelha, acreditava ser seu dever ficar completamente nu e tingir-se da cabeça aos pés. Em razão do caráter sério que tomavam os jogos, Gregório Aristarjovitch decidiu tomar parte neles. Demonstrou talento medíocre, mas teve êxito, muito merecido, no papel de elefante das Índias. E quando Vália, silencioso e severo como um verdadeiro filho da deusa Cali, se sentava sobre seus ombros e lhe golpeava o crânio calvo com um martelinho, parecia um príncipe oriental, que reinava despoticamente sobre homens e animais.

Talonski procurava insinuar a Gregório Aristarjovitch que Akimova podia pedir a revisão do processo no Tribunal de cassação e que esse novo tribunal podia decidir de outra maneira, mas a Gregório Aristarjovitch não entrava na cabeça que três juízes anulassem o veredicto pronunciado por outros três colegas, baseando-se nas leis, que são as mesmas. Quando o advogado insistia, Gregório Aristarjovitch aborrecia-se e servia-se de um argumento supremo:

— Mas não é o senhor que nos defenderá diante do novo tribunal? Então não há nada a temer. Não é verdade, Nastácia?

Ela, docemente, punha o advogado a par de suas dúvidas e ele sorria. Às vezes falavam da mulher que tinha sido condenada a pagar as despesas e a chamavam sempre de "pobre". Desde que ela não poderia levá-lo, não inspirava mais à criança aquele medo secreto, que lhe envolvia o rosto como um véu misterioso e lhe desfigurava os traços. Na imaginação de Vália era, agora, uma mulher como as demais. Ouvia dizer freqüentemente que era desgraçada e não compreendia o porquê, mas aquela face pálida, que lhe causava a impressão de estar sem sangue, tornava-se para ele mais simples, mais natural e compreensível. A "pobre mulher", como a qualificava, começava a interessá-lo: recordava-se de outras pobres mulheres que havia lido em seus livros, e experimentava por ela, às vezes, uma piedade mesclada com uma tímida ternura. Esboçava-se-lhe a imagem da mulher mergulhada na solidão de uma casa soturna, cheia de medo e chorando sempre, como chorava no dia de sua visita. Até lamentava haver contado tão mal a história do rei Bova...

Na realidade, três juízes podiam não estar de acordo com o que haviam decidido outros três juízes: o Tribunal de cassação anulou o veredicto do Tribunal anterior e a mãe de Válja adquiriu o direito de levá-lo para sua casa. O Senado confirmou o veredicto do Tribunal de cassação.

Quando aquela mulher foi buscar Válja, Gregório Aristarjovitch não ficou em casa: estava deitado na cama de Talonski, doente de raiva e de dor. Nastácia fechara-se em seu quarto com Válja, já pronto para a viagem. A criada conduziu Válja até onde sua mãe o esperava. Válja levava uma curta peliça e calçava tamancos demasiadamente altos, que lhe embaraçavam o movimento; um gorro de pele cobria-lhe a cabeça. Sob o braço, levava o livro que continha a história da pobrezinha da fada do mar. Seu rosto estava pálido e o olhar sereno.

A mulher alta e magra estreitou-o contra seu manto usado e enxugou as lágrimas.

— Como cresceste, meu pequeno Válja! Nem te reconheço — murmurou com um sorriso triste.

Válja, depois de ajeitar o gorro de pele, olhou-a, não nos olhos como tinha o costume, mas na boca, que era demasiado larga, composta de dentes finos. As duas rugas, que Válja havia notado quando da primeira visita de sua mãe, estavam em seu lugar, nos dois extremos, mas se mostravam mais sulcadas.

— Não te aborreces comigo? — perguntou.

Mas Válja respondeu simplesmente:

— Temos de ir, vamos.

— Meu pequeno Válja! — ouviu-se do quarto, onde se encontrava Nastácia.

Esta surgiu no umbral com os olhos inchados e os braços estendidos para o menino; acercou-se dele e pôs a cabeça no seu ombro. Não dizia nada, mas os brilhantes tremiam em suas orelhas.

— Vamos, Vália — disse severamente a mulher alta, segurando-o pelo braço. — Teu lugar não é entre pessoas que martirizaram tanto a tua mãe... Sim, martirizaram...

Sentia-se o ódio em sua voz seca. Ocorrera-lhe o prazer de dar com o pé na outra mulher, que permanecia ajoelhada ao lado de Vália.

— Não tem coração! Queriam ficar com meu único filho! — disse com cólera e puxou Vália para si. — Vamos, não sejas como teu pai, que me abandonou!

— Seja para ele uma boa mãe — suplicou Nastácia.

O trenó avançava sem ruído, levando Vália da casa tranqüila com as suas bonitas flores, o seu mundo misterioso de belos contos, infinitos e profundos como o oceano, com as suas janelas de vidros sombreados pela galharia das árvores. A casa perdeu-se no meio de outras casas, como as letras dos álbuns, e Vália não tornou a vê-la. Parecia que atravessavam um rio, cujas margens estavam formadas por lâmpadas acesas, tão próximas umas das outras como as pérolas de um fio. Mas quando se acercavam daquelas lâmpadas, as pérolas espaçavam-se, separadas por intervalos escuros, enquanto na distância formavam um fio uno e luminoso. Então parecia a Vália que não avançavam e permaneciam no mesmo lugar. Tudo o que o cercava se convertia para ele num conto de fadas: ele mesmo, aquela mulher, que era sua mãe e o apertava contra si com sua mão magra, e tudo o que via.

A mão que sustinha o livro estava gelada, mas não quis pedir à sua mãe que o tirasse.

Na pequena e suja habitação para onde ela conduziu Vália, fazia calor. Num canto, perto de uma cama grande, havia uma outra pequena; fazia muito tempo que Vália não dormia em camas assim.

— Tens frio!? Espera que vamos tomar chá. Como estão vermelhas as tuas mãos. Bem, já estás aqui com tua mãe. Estás contente? — perguntou com o sorriso de uma pessoa a quem se obriga a vida inteira a rir ante a adversidade do destino.

Válio, com a franqueza que ele mesmo sentia estranha, respondeu timidamente:

— Não.

— Não? E eu que havia comprado brinquedos! Olha ali, na janela!

Válio acercou-se da janela e pôs-se a examiná-los. Eram uns cavalos miseráveis de papelão com pernas feias e grossas; um *clown* com um gorro vermelho, nariz longo, rosto atormentado e sorridente; um soldado de chumbo, no qual haviam levantado uma perna para ficar nessa posição para sempre...

Fazia muito tempo que Válio não se interessava mais pelos brinquedos: eram-lhe completamente indiferentes, mas por cortesia não o deu a entender à sua mãe, que não o sabia.

— Sim, são bonitos!

Mas ela notara o olhar que ele havia dirigido à janela, e disse-lhe, com o mesmo sorriso desapontado:

— Vê, meu querido, eu não sabia o que te agradaria. Aliás, faz muito tempo que eu comprei tudo isso...

Válio silenciou, não sabendo o que responder.

— Estou sozinha, Válio, sozinha no mundo! Não tenho a quem pedir conselhos... Pensei que te agradassem...

Válio permanecia silencioso. De repente ela começou a chorar com lágrimas ardentes, que se precipitavam umas após as outras, e atirou-se na cama, gemendo muito. Por baixo do vestido via-se o pé calçado com uma bota grande e velha. Apertava com uma mão o peito e o seio, e com a outra mostrava os brinquedos e, num olhar triste, repetia sem cessar:

— Não te agradaram! Não te agradaram!

Válio, com passo firme, abeirou-se do leito, pôs a mão vermelha de frio sobre a cabeça grande e ossuda de sua mãe e disse, com um ar grave que lhe era habitual:

— Não chores, mamãe! Quero-te muito! Os brinquedos não me interessam, mas eu te quero muito. Vou ler-te a história da pobrezinha da fada do mar... Queres?...

A máscara

Às seis e meia, tinha a certeza de que ela viria. Eu estava louco de contentamento. Meu sobretudo achava-se abotoado apenas com o botão superior, de modo que o vento podia sacudi-lo à vontade; minha cabeça, orgulhosamente erguida, e o meu gorro de estudante cobria apenas a nuca. Olhava os homens com certo ar de superioridade e as mulheres com ar acariciador e provocante, pois embora amasse, há quatro dias, somente ela, eu ainda era jovem e de coração tão sensível que não podia ficar indiferente a qualquer mulher. Meus passos eram rápidos, vivos; caminhava como que deslizando.

Às quinze para as sete meu sobretudo já tinha dois botões abotoados; meus olhos fitavam as mulheres, mas sem provocação ou carinho, porém com desgosto. Só desejava uma; as outras, que o vento as levasse... Unicamente interessavam-me pela sua aparente semelhança com a minha.

Às cinco para as sete sentia muito calor.

Aos dois para as sete, frio.

Às sete, compreendia que minha amada não viria.

Às oito e meia era eu o ser mais infeliz do mundo. Meu sobretudo estava todo abotoado; o gorro escondia meu nariz, arroxeado pelo frio; tinha vontade de arrancar o cabelo, o bigode, as pestanas e quebrar os dentes de todos os que passavam à minha frente. Mas podia arrastar as minhas pernas: caminhava curvado e parecia um velho, voltando ao asilo dos inválidos.

Era ela a causa de tudo isso! Demônio de mulher!... Mas não, não devia insultá-la. Talvez não a deixassem sair, talvez estivesse doente, ou talvez tivesse morrido... e se tivesse morrido e eu ali, insultando-a?...

~·~·~

— Eugênia Nicolaievna estará lá também — disse meu companheiro, um estudante, com absoluta inocência, pois não podia saber que eu a estivera esperando duas horas consecutivas, tiritando de frio.

— Sim? — respondi com indiferença.
— Oh! Diabo! — disse eu ao mesmo tempo que ele.

Meu companheiro falava em *soirée* em casa de Polakov. Eu nunca fora à tal casa, mas naquela noite estava resolvido a ir.

— Senhores! — gritei alegremente. — Hoje é dia de Ano Novo, todo mundo se diverte. Vamos também divertir-nos.

— Mas como? — perguntou tristemente um deles.
— Mas onde? — perguntou outro.
— Fantasiemo-nos e vamos, um atrás do outro, a todas as *soirées* — propus.

E a tristeza de meus companheiros desapareceu como por encanto. Alegraram-se imediatamente. Gritavam, cantavam, saltavam. Agradeciam a idéia luminosa que eu tivera e contavam o dinheiro de que dispunham.

Meia hora depois reuníamos todos os estudantes solitários. Quando éramos dez, todos verdadeiros diabos, loucos de alegria, dirigimo-nos à casa de um belchior, que alugava fantasias, e enchemos sua loja fria de juventude e riso.

Eu queria algo sombrio, belo, com um matiz de tristeza graciosa.

— Quero uma roupa de fidalgo espanhol — falei ao empregado.

Devia ter sido um fidalgo muito alto, porque sua roupa me envolveu como um saco, dos pés à cabeça, e sentia-me nela isolado, como se estivesse num vasto salão deserto...

Quando a tirei, pedi para me arranjar outra coisa.

— O senhor quer uma roupa de palhaço, cheia de cores e de guizos?

— De palhaço! — exclamei com desprezo. — Não! Isso, não!

— Então, uma roupa de bandido. Um amplo chapéu, um punhal, e...

— Um punhal!... Sim, traga essa.

Infelizmente, o bandido, cuja roupa me foi entregue, não devia ter atingido a maioridade. Tenho razões para supor que era uma criança retardada, de oito anos no máximo. Seu chapéu sequer chegava a cobrir-me a nuca, e deu-me muito trabalho desembaraçar-me de suas calças de veludo, onde fiquei preso como numa armadilha.

A fantasia de pajem devolvi-a porque estava toda manchada, como o couro de um tigre.

A batina de padre apresentava-se toda rasgada e suja.

— Vamos! — disse um dos companheiros. — Acabe com isso pois já é tarde.

Restava somente uma roupa de mandarim.

— Que vamos fazer? Vou vesti-la... — disse cheio de desespero.

E deram-me o traje de chinês.

Era uma coisa horrível. Não falarei da roupa propriamente dita, ou das imbecis botinas de cor, pequenas para mim, onde meus pés entravam pela metade; tampouco falarei do pedaço de tela vermelha, colocado como uma peruca em minha cabeça e preso às minhas orelhas com um pedaço de cordão, que as arqueava, dando-me a impressão de um grande morcego.

Não, não falarei da roupa, mas da máscara...

Que máscara, meu Deus!

Apresentava, se assim é possível expressar, uma fisionomia abstrata! Tinha nariz, olhos, boca, tudo muito bem-feito e muito bem colocado, mas nada tinha de humana!

Nem na sepultura podia ser tão impassível a expressão da face de um homem! A máscara não exprimia tristeza, nem alegria, nem assombro; não expressava coisa alguma. Olhava a todos com uma tranqüila fixidez e um sorriso irresistível apoderava-se de todos. Meus companheiros desmanchavam-se em risadas, caindo sobre as cadeiras, sobre os sofás, agitando os braços, rindo às gargalhadas.

— Será a máscara mais original! — murmuravam todos.

Embora eu me achasse mais disposto a chorar do que a rir, quando me olhei no espelho também fui assaltado por um acesso de riso.

Sim, ia ser a máscara mais original!...

— Combinado! — dizíamos pelo caminho. — De nenhum modo tiraremos as máscaras. Juremos.

Sim, juramos!

∽·∽·∽

Sem dúvida alguma era a máscara mais original. Todo mundo me seguia, em grupos compactos, fazendo-me dar voltas em todos os sentidos, empurrando-me, atropelando-me. E quando, cansado, voltava o rosto para os perseguidores, uma gargalhada louca estourava por todos os lados.

Por onde passasse sentia-me envolvido por uma nuvem atroadora de risos que não me deixava, que me seguia a cada passo; e não me era possível, apesar de todos os esforços, fugir daquele círculo sufocante, de alegria louca, que aos poucos se aproximava.

Às vezes aquela alegria exercia sobre mim uma influência contagiosa e eu começava a rir também, a gritar, a dançar, e tinha a impressão de que todos estavam à minha volta, numa verdadeira embriaguez. No entanto, estavam longe de mim! Sentia-me terrivelmente isolado por trás daquela horrenda máscara.

Finalmente, deixaram-me em paz.

∽·∽·∽

Com cólera e medo, com indignação e ternura ao mesmo tempo, aproximei-me dela e disse:

— Sou eu!

Suas pálpebras levantaram-se lentamente, num gesto de assombro; seus olhos lançaram contra mim um jato de raios negros, e ouvi uma risada sonora, alegre, viva como o sol da primavera.

— Sim, sou eu! Sou eu! — repeti, sorrindo por trás de minha máscara. — Por que não foi hoje ao encontro?

Ela, porém, continuava rindo, irresistivelmente.

— Sofri tanto! Não podia mais! — continuei esperando, com o coração oprimido, sua resposta.

E ela ria, ria... O brilho negro de seus olhos extinguira-se e apareceu um riso iluminado. Era o sol, mas um sol ardente, implacável, cruel...

— Que está sentindo? — perguntei.

— Mas é você mesmo, de verdade? — disse, esforçando-se por recobrar a seriedade. — Como você está grotesco!...

Deixei cair os braços, inclinei a cabeça. Tudo em minha atitude demonstrava o mais profundo desespero. E enquanto ela seguia com o olhar os alegres pares, que passavam correndo diante de nós, e seu sorriso ia se apagando aos poucos, como a luz do entardecer, eu lhe dizia:

— Por que ri assim? Por acaso não adivinha que por trás desta máscara há um rosto vivo e colorido? Trouxe esta máscara com o único objetivo de vê-la! Por que você não foi ao encontro?

Voltou-se rapidamente para mim, e uma resposta estava pronta para brotar de seus lábios quando... o riso cruel se apoderou dela de novo, com uma força irresistível. Afogando-se, quase chorando de tanto rir, tapando o rosto com um perfumado lenço de rendas, apenas conseguiu articular:

— Mas olhe-se no espelho... ali... Você está engraçadíssimo!...

Franzindo as sobrancelhas, trincando os dentes de raiva, sentindo o meu coração gelar e meu rosto horrivelmente pálido, dirigi um olhar ao espelho e vi nele uma fisionomia tranqüila, impassível, imóvel, de uma expressão idiota, extra-humana... e comecei a rir... E rindo ainda, mas com uma grande cólera que brotava do fundo de minha alma, com a loucura do desespero, disse quase gritando:

— Você não deve rir!

Quando nos calamos, falei de meu amor em voz baixa. Nunca falara tão bem, pois nunca me sentira tão apaixonado! Falei do martírio da longa espera, das lágrimas vertidas, do louco ciúmes, da angústia do meu coração cheio de amor, e vi suas pálpebras baixarem-se, projetando uma sombra na face pálida. Vi, um instante depois, o fogo que ardia em seu coração tingir de púrpura, com seus reflexos, a alvura impecável do seu rosto. Seu corpo flexível inclinou-se para mim, num impulso irrefreável.

Sua fantasia era de deusa da noite. Os mantos negros que a envolviam como pedaços de treva, as pedras preciosas que brilhavam como estrelas, punham em sua beleza o suave encanto de um sonho esquecido da infância.

Eu falava sem trégua, as lágrimas da emoção jorravam de meus olhos e meu coração palpitava de felicidade. E vi, por fim, um sorriso doce, puro, florescer em seus lábios. Suas pálpebras levantaram-se um pouco.

Lenta, timidamente, cheia de ternura, voltou-se para mim e... Nunca vi sorriso semelhante!

— Não, não posso mais! — gritou, quase gemeu, rindo mais alto ainda.

Oh! Se me tivessem dado, somente por um instante, uma fisionomia humana!...

Mordi com fúria os lábios; ardentes lágrimas deslizaram pelo meu rosto, mas minha máscara, aquela horrível fisionomia em que tudo — nariz, olhos, lábios — era perfeito, olhava com sua impassividade idiota, com sua estúpida indiferença.

Quando minhas botas grotescas e coloridas me afastaram dali, o riso sonoro seguiu-me até longe. Dir-se-ia que um arroio cristalino caía de uma grande altura e se transformava numa chuva de estrelas brilhantes sobre uma rocha.

.~.~.~.

Dispersos pelas ruas adormecidas, perturbando o silêncio da noite com nossas vozes, voltamos às nossas casas. Um dos campanheiros dizia-me:

— Conseguiu um êxito louco! Nunca vi algo despertar tanto riso! Mas que há? Por que rasga a máscara? Vejam, ele perdeu o juízo! Rasga a fantasia! Está chorando...